Guillem D.
2n ESO C

laGalera

El club
de la canasta

ÀNGEL BURGAS

PREMIO JOSEP M. FOLCH I TORRES 2006

Primera edición:
mayo de 2007

Un jurado formado por Mercè Anguera, Marc Hortal,
Gemma Lienas, David Monserrat
y Gemma Sala otorgó el 44º Premio Josep M. Folch i Torres
de novela a esta obra.

Diseño gráfico de la portada: Cass
Diseño gráfico del interior: classe
Fotografía de portada: Latinstock
Maquetación: Montserrat Estévez

Edición: David Monserrat
Coordinación editorial: Laura Espot
Dirección editorial: Lara Toro

La Galera, SAU Editorial
Josep Pla, 95 – 08019 Barcelona
www.editorial-lagalera.com
lagalera@grec.com

Impreso en Romanyà/Valls, SL
Verdaguer, 1 – 08786 Capellades

Depósito legal: B-5.039 -2007
Impreso en la UE

ISBN: 978-84-246-2544-3

Índice

A los chicos y chicas de mi cole,
que siempre me piden que
los saque en los libros. Para celebrar
con ellos los momentos de risa
y de intercambio de ingenio y ternura.

PELÍCULAS DE DESASTRES

El día que cumplí doce años, mi hermana me regaló dos cosas fantásticas. La primera era un libro de fotografías de doscientas páginas sobre el diseño del nuevo Airbus A-380, acabado de fabricar, que contenía centenares de imágenes y planos de todas las piezas del fuselaje y de todas las innovaciones técnicas de los mandos y servicios de la aeronave, construida en Europa con capital europeo y que superaba de largo al Boeing 747 de los americanos.

Me emocioné tanto que mi madre pensó que me quedaba sin aliento, como solía pasar cuando era pequeña, que inspiraba tan profundamente a la hora de llorar que se me cortaba la respiración y me quedaba como muerta, lo que asustaba mucho a la familia y a los parientes, sobre todo las primeras veces. «¡Se nos muere la niña!», parece que gritaba todo el mundo, y yo, por lo que me han contado, me caía redonda al suelo, o sobre la cama, o donde fuera, y, sin duda, debía de provocar un efecto espectacular verme tan pequeña y tan muerta, allí abatida. De tantas veces que me lo han contado, parece que yo misma me acuerde. Me imagino a mis padres desesperados, llorando con las manos en la cara. Debían de correr como locos para intentar reanimarme con agua o con colonia.

Mi hermana dice que también me daban bofetadas y cachetes en la nuca para que reaccionara. Y al cabo de unos segundos, tal como lo imagino, yo abría los ojos y miraba a todo el mundo como si no hubiera pasado nada, y entonces paraban los gritos. Mi madre, asustada, hacía las preguntas de rigor. «¿Qué es eso?», me preguntaba, señalando con el dedo la jaula del canario. «Un pío-pío», contestaba yo. «¿Y eso», preguntaba mi madre, señalando una silla. «La iya», respondía yo. Y aun señalaba a mi padre y preguntaba «¿Y quién es ese señor, cariño?», y yo miraba a mi padre, de pie como una farola, y decía: «el papá». Y después del interrogatorio, todos respiraban aliviados: la niña había recuperado la conciencia. La niña no se había muerto ni se había quedado tonta para toda la vida, que era la máxima preocupación de mi familia después de una pérdida del aliento.

Más mayorcita, y cuando ya había oído muchas veces la narración de esos episodios de muerte aparente, aproveché la experiencia para llamar la atención. Si no estaba de humor, o si me habían hecho alguna trastada, me echaba a llorar e inspiraba profundamente antes de caerme al suelo, simulando que me quedaba sin el maldito aliento. Las primeras veces funcionó bastante bien, y, desde el suelo, oía los gritos de mis padres, las carreras, las exclamaciones y los lloros. Mi madre se arrodillaba a mi lado y ponía la oreja sobre mi pecho. «Respira», anunciaba, y yo entonces abría los ojos poco a poco y miraba a mi alrededor como si no reconociera la casa. Mi madre hacía las preguntas habituales. «¿Quién es ése, cariño?», y señalaba a mi padre. «Una cazuela», respondía yo, con la más cruel de las intenciones, y mi madre se quedaba mirándome con los ojos fuera de las órbitas. «Una cazuela. ¿Lo habéis oído? ¡Ha dicho que papá es una cazuela!», y mi padre, impresionado, se ponía las manos sobre la cara, preguntándose, me imagino, si realmente sus facciones tenían algo de cazuela. «Me parece que está tomándonos el pelo», decía mi hermana con una sonrisa maliciosa. Mi madre me cogía la mano: «No se puede bromear sobre una cosa así», me decía en voz baja. Yo me lo repensaba y cerraba los ojos para volver a abrirlos ya recuperada del todo. Durante aquellas representaciones recibí más de una bofetada, pero qué se le va a hacer, son gajes del oficio.

Una tarde lo probé en casa de la abuela Rosa. Tenía que quedarme a dormir, y la abuela no me permitía ver un rato la tele antes de irme a la cama. Yo me enfadé y pensé «Prepárate. Ahora te montaré un numerito». Me puse a gritar y, en una de las inspiraciones, hice como que me quedaba sin aliento y me tiré al suelo. Con los ojos cerrados, sin mover ni una pestaña, me extrañó no sentir ni un llanto ni un grito; sólo el ruido de los zapatos de la abuela, que se alejaba y que, después, volvía, sin decir ni una palabra, y, a continuación, el chaparrón de un líquido que me caía sobre la cara. Una botella de Fanta de limón, entera. La abuela, mientras me duchaba, yo toda pegajosa, dijo que la Fanta era la primera cosa que había encontrado a mano para intentar reanimarme. Pensé que peor hubiera sido una botella de aceite o el porrón de moscatel. Otra noche, en la misma situación, llorando en su cama porque quería quedarme a dormir con ella, estuve a punto de volver a hacerlo, pero me cuidé muy mucho cuando vi que sobre la mesilla de noche tenía su vaso lleno de agua con la dentadura postiza en remojo. Seguro que me lo habría tirado a la cara, con dientes y todo.

Otra experiencia siniestra con este asunto ocurrió cuando simulé que me quedaba sin aliento en casa de la abuela de Asun. La mujer se puso tan nerviosa que llamó a los bomberos antes de acercarse a mirar qué me pasaba. «¡Está muerta! ¡Está muerta!», gritaba como una loca por teléfono. Vino una dotación de cuatro bomberos uniformados, un par de policías e, incluso, un médico forense, por si acaso aquel «Está muerta» se refería a un asesinato, de tan histérica que se había mostrado la mujer.

El libro del Airbus A-380 me dejó tan impresionada que, como digo, casi perdí el aliento. Soy una aficionada a los aviones. Mi padre siempre dice que eso no puede ser bueno de ninguna de las maneras, y que esas manías obsesivas no hacen ningún bien. Dice que, a los doce años, tendría que estar pendiente de algún cantante o de algún programa de la tele, pero no de los aviones y la aeronáutica.

—Que ya está bien que te gusten, nena —me dice—, ¡pero otra cosa diferente es esa afición exagerada y ese perder el oremus por los aviones y los aeropuertos! Eso ya no es normal en una niña de doce años, te lo digo yo.

—Es una pasión —argumentaba yo—. ¿No te parece bien que la gente tenga pasiones?

—Pasiones controladas, Martina; y más cuando acabas de cumplir doce años.

Mi pasión empezó de muy pequeña. A menudo intento averiguar cuando empezó mi «pasión aeronáutica», como la llama mi padre. Recuerdo haber visto una peli en la tele, un sábado por la tarde, *Aeropuerto 77*, se llamaba. Me impresionó. Todo el mundo estaba concentrado en aquel aparato que volaba y que sufría un accidente y se hundía en las aguas del océano. Dentro del reducido espacio de aquel avión convivían los seres más valientes con los más detestables, las mejores y las peores personas. Los más tiernos y los más malvados. Para mí, en el momento en que vi la película y a la edad que tenía, aquello fue revelador y me marcó para siempre. Lo mismo le pasó a Álex con *Tiburón*, de Spielberg: desde que la vio cuando tenía ocho años, siempre que se sumerge en el mar piensa que de las profundidades le saldrá un tiburón hambriento que le morderá las piernas y lo dejará partido por la mitad. Y es que el cine tiene mucho poder; mi madre siempre lo dice y tiene razón.

Después de *Aeropuerto 77*, quise ver otras pelis sobre desastres de aviones. Con la ayuda de Tom y Jerry, unos compañeros de clase, descubrí, en Internet, que hay muchas más de las que creía, y que, incluso hubo un época en la que las pelis de desastres de aviones estaban de moda y se hacían como churros. Empecé a fijarme en las maquinas. La elegancia de la silueta, las alas delgadas que parecen alas de ángel o de gaviota. El avión podía ser un pájaro, pero un pájaro moderno, limpio, pulcro. Un pájaro de hierro, gigante, veloz e invencible. Ya no me fascinaban las desgracias de los ocupantes cuando el avión sufría un accidente, sino la gracia con la que se movía el aparato: cómo atravesaba el cielo dejando una estela, igual que hace un barco sobre el mar.

La primera vez que fui a un aeropuerto no fue para coger un avión. Después de mucho pedírselo y de fingir un par de pérdidas de aliento, mi padre, vencido, accedió a llevarme al aeropuerto de El Prat, a ver aviones de verdad. Yo acababa de cumplir ocho años, y en mi vida olvidaré aquel día. Fuimos los dos solos, una mañana de domingo. Mi padre me explicaba cómo funcionaban las terminales y la torre de control; pero yo sólo estaba interesada en la forma de los aviones y en ver en directo cómo despegaban y cómo aterrizaban. Entramos a la terminal B y, después, a la A, pero desde allí no teníamos ninguna perspectiva de las pistas. Mi padre preguntó en Información qué podíamos hacer para que yo pudiera ver los aviones, y una azafata nos indicó el camino hacia el mirador. Aquello fue impresionante: a través de los cristales me quedé embobada, con la mente en blanco. Bien, no en blanco, sino cautivada por aquellas formas tan perfectas que pasaban ante mis ojos, aquellas siluetas tan delicadas como el cuerpo bien cuidado de una artista de Hollywood, tan elegantes como los vestidos de las mujeres ricas que salían en las revistas del corazón que leía mi abuela Rosa. Si un avión pudiera hablar, lo haría con una voz bien modulada, una voz como de presentadora de la tele. La forma de aterrizar era delicada y sutil, como la mano de una mujer enamorada sobre la piel del hombre que ama; como una mano de mujer distinguida dejando un objeto frágil sobre una superficie limpia y lujosa. Mi padre tuvo que arrancarme por la fuerza de aquel mirador imponente para volver a casa.

Estuve dos días completamente alterada antes de mi primer viaje en avión. En un avión real, se entiende. Porque, desde muy pequeña, era asidua en todos los aviones de mentira de las ferias y los parques de atracciones. A mis padres les costaba Dios y ayuda conseguir detener mis ataques de rabia cuando se negaban a malgastar dinero en todos los aviones de juguete que encontrábamos por la calle, ésos de una sola plaza que no hacen más que moverse rítmicamente de derecha a izquierda con una música aburrida que imita la sintonía de *Star Wars*. En los parques de atracciones, cuando me llevaban, compraban diez o doce viajes y me dejaban sentada en una avioneta que daba vueltas alrededor de un eje mientras se alzaba un metro de tierra. Y allí me quedaba yo hasta que se gastaban los viajes, sin bajar ni aunque estuviera haciéndome pipí. Vueltas, vueltas y más vueltas. Los feriantes, cuando les daba el cuarto o el quinto tique, solían preguntarme si estaba sola, si había perdido a mis padres, y yo les decía que no, que debían de estar paseando o comiéndose un frankfurt, y les mostraba el bolsillo de los vaqueros todavía lleno a rebosar de tiques. «¿No te mareas, guapa?», me preguntaban.

Dos días completamente loca, sin poder pegar ojo por la noche, porque teníamos que volar a Tenerife. Pasaríamos las vacaciones en Puerto de la Cruz, en un hotel a la orilla del mar, en régimen de media pensión. Era Semana Santa y podríamos bañarnos todos los días. Eso me parecía muy bien, pero a mí sólo me hacía gracia el hecho de volar, volar de verdad, en un avión comercial, con azafatas y comandantes. Yo tenía nueve años y, por fin, surcaría las nubes dentro de un avión.

—Esta niña se nos pondrá enferma y no podremos

irnos, Dani —le decía mi madre a mi padre, asustada, cuando me veía temblar como si tuviera fiebre.

—Es la ilusión, mujer. Un poco de paciencia.

Aquellos dos días previos al viaje ya no había cole. Me los pasé encerrada en casa sin salir, conectada a Internet, consultando la página web de la compañía de vuelo y buscando información sobre el itinerario. Descubrí que el peor accidente aéreo de la aeronáutica comercial española había tenido lugar, precisamente, en el aeropuerto de Los Rodeos, en Tenerife, el año 1977, exactamente aquél en el que nosotros aterrizaríamos. Chocaron dos aviones, un Jumbo de la compañía norteamericana Pan Am y otro de la holandesa KLM. Murieron 348 pasajeros entre los dos aviones siniestrados. ¡Madre mía! ¡Qué fuerte! Ese dato histórico acabó de desconcertarme. ¡Mi primer vuelo! ¡Y a Los Rodeos! ¿Y si teníamos la suerte de que volviera a pasar una tragedia similar? La historia es así, ¡está llena de casualidades! De hecho, sería una suerte y una desgracia, porque... ¿y si resultaba que yo o mi familia nos convertíamos en víctimas? Vivirlo me encantaría, pero si mi familia y yo pudiéramos salvarnos, claro.

Se me ocurrió comentar el accidente de Los Rodeos en el taxi, camino del aeropuerto. Mi madre se quedó helada.

—¿Tú sabías eso, Dani?

—Esta niña se lo inventa —se limitó a decir mi padre.

—¡Es cierto! ¡El accidente más famoso de España! —protesté.

Les di todos los datos hasta que mi madre me obligó de malas maneras a callar. Se hizo un silencio tenso en el interior del vehículo, que el taxista se encargó de romper.

—La niña tiene razón —dijo el hombre mirando a mi madre por el retrovisor—. Recuerdo haberlo leído en los periódicos.

—Sólo falta que ahora usted le dé cuerda...

—No era mi intención —se excusó el hombre, y ya no volvió a abrir la boca hasta la terminal B de El Prat.

Mi hermana nos acompañó en aquel viaje. De hecho, fue el último, pues ella ya se sentía mayor, tenía diecisiete años, y le resultaba un poco aburrido eso de viajar con los padres y la hermana pequeña. Pero como era el primer viaje largo y lejos de toda la familia, no pudo negarse. Sonia iba muy a lo suyo y no compartía conmigo la fascinación de subir a un avión, entre otras cosas porque los aviones no le interesaban nada de nada y, además, ya había volado una vez. Yo andaba como un autómata por el vestíbulo del aeropuerto, cogida de la mano de mi padre. En el *cheeking* insistí para hacer la cola más larga: quería tener tiempo para saborear todo el proceso. Mi padre dijo que era boba. La azafata del mostrador comprobó la validez de los pasajes y preguntó cuántas maletas llevábamos. Mi padre las puso sobre la cinta y la azafata procedió a pegar un resguardo en las asas. ¿Adónde irían aquellas maletas? ¿Qué trayecto recorrerían hasta el avión? ¡Habría dado media vida por ser una maleta!

Después subimos al área de embarque. Nos pidieron los DNI y los billetes de vuelo. La policía obligaba a pasar las bolsas de mano por el escáner. El contenido de las bolsas se veía como en una radiografía del médico en un monitor que había en el mostrador. ¡Habría dado la media vida que me quedaba por pasar por aquel detector! La seguridad era esencial, y más después de lo que había pasado el once de septiembre del año anterior en Estados Unidos. ¡Cuántas horas estuve pegada a la tele aquel día y las semanas siguientes! ¡Aquellas torres tan altas y tan fuertes atacadas por un sencillo avión, que en la tele se veía como un pájaro! 2001 fue el año de las torres: en la escuela sólo dibujaba aviones que se estrellaban contra edificios. Cuando iba por la calle y veía un avión cruzando el cielo, estaba segura de que de repente cambiaría el rumbo y bajaría en picado para estrellarse contra la Sagrada Familia, o contra el Tibidabo. Mis padres me prohibieron hablar de los ataques contra el World Trade Center y el Pentágono. Dijeron que no querían oír ni una palabras más, y que cada vez que de mi boca saliera alguna referencia, me castigarían sin tele, sin videojuegos y sin regalos de cumpleaños.

El día de mi primer vuelo, en el aeropuerto de El Prat, Sonia tenía ganas de entrar en las tiendas. Yo sólo quería llegar a un ventanal y ver las vistas, como hicimos desde el mirador con mi padre. Esperamos cuarenta minutos en una sala, mis padres y Sonia sentados, y yo, de pie mirando los aviones que llegaban. Todo era fascinante. Por megafonía anunciaban los vuelos que estaban a punto de salir, e incluso llamaban a algunos pasajeros que no se presentaban a la hora de embarcar. ¿Cómo se podía ser tan vago para llegar tarde al avión? ¿Qué tipo de persona sería aquella tal «señora Jiménez, Maribel Jiménez», a quién ya habían llamado dos o tres veces y que, por lo que parecía, prefería mirar las tiendas a subir al avión?

Accedimos al interior de la máquina a través de una pasarela cubierta. ¡Primero estábamos en el aeropuerto y, de repente, ya estábamos dentro del avión! Nos recibieron dos azafatas mujeres y un «azafato» hombre. A la izquierda, entreabierta, estaba la puerta de la cabina de pilotaje. Habría dado mi vida otra vez para acceder a aquel interior que se adivinaba lleno de mandos y dispositivos, donde yo sabía que había manómetros, radiobrújulas, altímetros, acelerómetros, indicadores de dirección, indicadores de viraje, etc. Todo eso estaba allí, a tres pasos, y yo no podía acceder. Supliqué a mi padre, cuando estuvimos sentados en nuestras butacas, que, por favor, le pidiera a la azafata que nos dejara entrar en la cabina.

—Es imposible, cariño. Allí no se puede entrar. Está prohibido.

—Por favor, papá, ¡inténtalo!

—No, y punto. Si montas una escenita de las tuyas, desembarcamos enseguida.

Casi me quedé sin aliento de verdad cuando el avión empezó a correr a toda velocidad por la pista y, a continuación, despegó. ¡Qué sensación! ¡Mucho mejor que en los parques de atracciones! ¡Mucho mejor que el Dragon Khan de Port Aventura!

—Tú estás chalada, niña —dijo Sonia—. ¿Cómo puedes decir que es mejor que el Dragon Khan? ¿Cómo se te ocurre una comparación tan idiota?

—¡Es más real! ¡Es puramente REAL! —grité.

Sonia negó con la cabeza mientras hojeaba la revista que había comprado en el aeropuerto. Sonia y yo no nos hemos entendido nunca. Es bastante más mayor, y ahora ya no vive en casa con nosotros. Siempre le habían ido mal los estudios. Mis padres decidieron hace tiempo mandarla a estudiar fuera de Barcelona, a Cardedeu, donde vive la tía Clara. Con mucho esfuerzo y trabajo acabó la ESO, y después intentó hacer un módulo de administrativa, que viene a ser como de secretaria. Éso le fue mejor, y encontró trabajo en Cardedeu.

Desde que se fue, nuestra relación de hermanas funciona mejor.

¡Volaba! ¡Y lo hacía de verdad! No me moví durante las tres horas de vuelo. Miraba por la ventanilla y veía las nubes debajo de nosotros, exactamente como si fueran de algodón. ¡Qué maravilla! Las azafatas paseaban arriba y abajo, y, de vez en cuando, el capitán hablaba por megafonía. Le dije a Sonia que mi futuro estaba en un avión.

—¿Quieres ser azafata o piloto?

No lo sabía, y, en realidad, todavía no lo sé. Pero cuando sea mayor viviré para los aviones: para pilotarlos, para crearlos, para construirlos...

Por eso me hizo tanta ilusión el regalo de Sonia para mi duodécimo cumpleaños

Pero no fue el único. Antes he dicho que fueron dos los regalos importantes que recibí aquel día, y los dos venían de manos de mi hermana. El segundo, sin envolver, era una especie de cuaderno. Constaba de unas cien hojas sacadas de la impresora y encuadernadas con espiral.

—¿Qué es eso? —le pregunté—. ¿Lo has escrito tú?

Antes de que Sonia contestara, leí el título de aquel original tan bien encuadernado: *El Anticlub.* ¿De qué me sonaba aquel nombre?

—¿Tú te acuerdas de aquel grupo de amigos que hice en la escuela? Cuando te contaba nuestras aventuras, siempre decías que te gustaría tener un club como el mío.

—¿El club de la escuela? ¡Claro que me acuerdo! ¡Que teníais carné y todo, y que luchabais contra las cosas injustas! ¡Me encantaba escuchar las historias que me contabas!

—Pues resulta que uno de la pandilla, uno que estudia periodismo, ha decidido escribir sus recuerdos de aquella época. Cómo nos conocimos, cómo planeábamos nuestras misiones anticlub... ¡Hace mucho tiempo de todo eso! Pero el otro día nos encontramos aquí, en Barcelona, todos juntos, y Guillermo anunció que quería escribir las memorias del Anticlub, y ahora que ya las tiene acabadas, nos las ha mandado por mail. Como sé que te gustaban aquellas historias, te las he imprimido para que las leas.

—¡Oh, Sonia, es fantástico!

La escuela donde mi hermana había formado el club es la misma donde yo hago primero de ESO. Después de comer, me encerré en la habitación y leí, casi de un tirón, toda la historia de aquel club tan original. Reconocía los espacios y a la mayoría de los profesores, que todavía trabajaban allí. Algunos amigos de Sonia me sonaban de vista, y también algunas de las travesuras que había hecho y que mi hermana solía contarme muerta de risa. Muchas otras no las conocía, claro, y me lo pasé tan bien leyendo aquellas memorias, que pensé que sería una buena idea formar un segundo anticlub en el mismo centro. Los compañeros serían otros, claro. Serían mis compañeros. Mis amigos. Tenía que convencerlos como fuera para formar una pandilla y vivir experiencias como las que había vivido mi hermana. Y todo teníamos que hacerlo en secreto, como habían hecho entonces.

La idea me parecía espectacular. ¡Un nuevo club en la escuela! ¡Llegaban los nuevos tiempos! ¡Una nueva generación al poder!

Todo parecía fantástico. Aquel fin de semana estuve pensando de lo lindo, porque el lunes quería tener las cosas claras y exponer el tema a mis amigos.

Pero había un pequeño problema.

¿Quiénes eran mis amigos?

AIR FORCE ONE

Me lleve el original de *El Anticlub* a clase. Los que quisieran ser socios de mi club tendrían que leer antes la historia de nuestros predecesores. El Anticlub que había escrito Guillermo tenía que convertirse en una especie de Biblia para los integrantes de la nueva formación. Ya sé que a la mayoría de la gente le da pereza leer, y que casi nadie había empezado todavía la lectura obligatoria del primer crédito. La alternativa era convocar una reunión y explicar yo misma la finalidad del club y el porqué de sus misiones arriesgadas.

El problema seguía siendo el mismo: ¿a quién invitaría a la reunión?

La gente pasa bastante de mí, porque siempre voy a mi rollo. Mi rollo es, sobre todo, los aviones, claro. Y en la escuela no hay ningún otro fanático de los aviones.

Pensé en hablar con fanáticos de cualquier cosa, y comprobar si el fanatismo, así, en general, podía ser una causa de unión suficientemente fuerte.

—¿Tú eres fanático de algo, Álex? —le pregunté en cuanto salimos al patio.

Álex era uno de los pocos tipos con los que me entendía y con quien podía hablar en broma o jugar un rato. Álex es el que no se baña en el mar porque piensa que le saldrá un tiburón de debajo del agua.

—¿Fanático, en qué sentido? —me preguntó.

—No lo sé. Fanático. Fan de algo. Algo que te guste muchísimo.

Estábamos haciendo cola para recoger los bocadillos que teníamos encargados en la cocina.

—¿Se puede ser fanático del jamón?

Empezamos bien, pensé.

Me quedé sola y fui a sentarme en el banco de piedra donde se encontraban los antiguos miembros del club de mi hermana para planificar sus acciones. Desde allí tenía una perspectiva fantástica del patio donde jugaban los alumnos de ESO. Era el mejor sitio para empezar a pensar en mi club y escoger los miembros que deberían formarlo.

Álex estaba bajo la canasta de baloncesto, en compañía de Tom y Jerry, Íker, y un alumno nuevo de segundo que todavía no sé cómo se llama. Tom y Jerry son dos gemelos idénticos que van a nuestra clase. Uno se llama Tomás, pero le dicen Tom. El otro se llama Javier, pero le dicen Jerry. Claro está que sus padres no los llaman así. Los bautizamos como Tom y Jerry en tercero de primaria. Tom es dos centímetros más alto que Jerry, pero la diferencia es tan mínima que nadie la percibe. La misma carita, el mismo peinado, las mismas gafas...

Todo igual. Son clavados. Los profes no los distinguen y dicen el nombre de uno a voleo, a ver si suena la flauta por casualidad. Algunos los llaman por el apellido, Calvó, y se vuelven los dos a la vez, y el profe que ha llamado «¡Calvó!» se dirige al que le interesa y pasa del otro. Su madre tiene la mala idea de vestirlos igual, para ponerlo todavía más difícil. Normalmente sacan la misma nota en todas las asignaturas. No sé si son igual de inteligentes o si los profes lo hacen porque no saben cuál es cuál. En educación física son un desastre, tanto uno como el otro.

Íker es un chaval extraño que saca de quicio a todo el mundo. Lo llaman «El sexto sentido» porque, después de ver la peli, se reconoció en el protagonista. Íker dice que él también ve muertos. Al principio, cuando lo cuenta por primera vez, asusta. Sus padres no lo llevaron al psicólogo enseguida. Decían que era por efecto de la película y nada más. Su madre opina que son ganas de llamar la atención. La mía, cuando se lo conté, me dijo que con dos bofetadas bien dadas se acabarían las visiones. Íker dejó de contar eso de los muertos porque todo el mundo se reía de él. Ahora sólo habla de ello con Álex, con Tom y Jerry, conmigo y con el nuevo de segundo que no sé cómo se llama. Los muertos que ve Íker son personas desconocidas y siempre van hechas un cromo, llenas de sangre y vísceras. Ninguno de sus cadáveres se ha muerto de viejo: todos han sufrido accidentes bestiales o torturas que ponen la piel de gallina. Suele sufrir las visiones los fines de semana y fuera de la escuela, aunque un día vio una mujer muerta, de unos cuarenta y cinco años, durante la clase de naturales. La mujer lucía un tiro en la frente, un agujero redondo y perfecto rodeado de sangre seca. Estaba sentada en la mesa de Melania, que aquel día había faltado a clase porque tenía visita al dentista por el aparato corrector. Según Íker, la mujer del tiro en la frente estaba sentada con los brazos sobre la mesa y escuchaba atentamente a la profesora. Cuando nos lo contó a la hora del recreo, nos quedamos alucinados, sobre todo por el hecho de que la mujer escuchara con atención el rollo de la profesora. Jerry dijo que quizá fuera una bióloga muerta, o una especialista en genética muerta. A Íker, cuando ve muertos, se le pone la cara blanca, como si estuviera mareado. Aquel día, la profesora se fijó, porque le preguntó si se encontraba bien, y él dijo que no. Entonces le dio permiso para ir a mojarse la cara. La mujer del tiro no se movió; se quedó allí quieta y atenta, como si le hiciera la competencia a Mireia Soler, que siempre está quieta y atenta cuando hablan los profes. Cuando Íker volvió del lavabo, la mujer ya se había ido y la mesa de Melania volvía a estar vacía. También ve muertos durante las vacaciones, pero nosotros no estamos allí para testimoniarlo. Álex opina que todo le viene de mirar tantas páginas raras en Internet. Ahora ya no puede hacerlo, por lo menos en su casa, porque los psicólogos les recomendaron a sus padres que instalaran un codificador en el ordenador para que no pudiera acceder a páginas web de *gore*.

Mientras estaba sentada en el banco, con el original de *El Anticlub* en mis manos, se acercaron Lourdes y Asun. Son de segundo y siempre van juntas. Un día me dijeron que les gustaba hablar conmigo porque les doy pena cuando me ven sola, y eso no me gustó nada. Suelen venir a ofrecerme pipas o un sorbo de Fanta o un *do-*

nette. A mí me parece que tienen pinta de monjas, y que su misión en este mundo es hacer el bien y ayudar o consolar a las personas solitarias. A mí me importa un rábano su actitud cristiana, pero, cuando vienen, me aprovecho de las pipas, la Fanta o los *donettes.*

—¡Hola Martina! ¿Qué haces tan solita?

—Nada. Espero a Álex.

—Está jugando con los gemelos y «El sexto sentido». ¿Quieres que te hagamos compañía?

Antes de que yo dijera nada, ya las tenía sentadas a mi lado, una a la derecha y la otra a la izquierda.

—¿Cómo han ido los primeros controles? ¿Lo has aprobado todo?

—Sí, todo.

—¡Eres una buena estudiante! Tus padres deben de estar contentos.

—¿Y qué libro lees? —me preguntó Lourdes señalando el original de *El Anticlub.*

—Es una especie de diario.

—¿Escribes un diario?

—No es mío. Es de la pandilla de mi hermana mayor.

—No sé si te conviene leer el diario de una chica mayor, Martina. Mi madre dice que cada cosa tiene su tiempo.

—¿Habla de chicos? —preguntó Asun llena de curiosidad.

—¿Queréis leerlo? Puedo dejároslo.

Las dos aceptaron encantadas, y allí las dejé, en el banco de piedra, una al lado de otra, con el manuscrito en el regazo. Fui hacia la canasta a hablar con los chicos.

—¿Qué quieres, pesada?

—¿Qué hacéis? —pregunté.

—Nos aburrimos —dijo Tom.

—¿Queréis jugar al escondite?

—¡No queremos jugar a nada! —dijo Álex—. ¡Vuelve al banco con tus amigas!

—¡No son mis amigas! —protesté.

No me gusta nada que se crean que aquellas dos bobas son mis amigas. Y Álex lo sabe. Y me supo mal que lo dijera, porque sabe que no es verdad.

—¿Jugamos al escondite o no? —insistí.

—Vaya palo —dijo Jerry.

—Me gustaría que leyerais una cosa —les dije.

Quisieron saber de qué se trataba, y entonces les conté la historia de Sonia y sus amigos en la escuela. Todos mostraron mucho interés por las aventuras de *El Anticlub* y accedieron a leer el manuscrito. Todos menos Álex, que dijo que pasaba de leer tonterías.

—¿Y dónde tienes ese manuscrito? —preguntó el chico de segundo.

—Ahora mismo lo están leyendo Lourdes y Asun.

Saberlo no les hizo ninguna gracia, e incluso perdieron un poco de interés por mi propuesta. Justo en aquel momento llegaron las dos citadas. Llevaban el manuscrito en las manos y ponían cara de vinagre.

—¡Tú hermana era una guarra! —exclamó Lourdes mientras me devolvía el original con malas maneras.

—¡No deberías tomarla como ejemplo, Martina! —dijo la otra.

Como era de esperar, el comentario de las dos monjitas volvió a despertar el interés de los chicos, que enseguida organizaron un turno de lectura del original.

Los alborotadores de la clase, Enrique Anadón, Óscar Linares y Tito Casona, me llaman Air Force One. Me llaman así por mi obsesión aeronáutica, claro. Vaya, de hecho, ellos inventaron el apodo y ahora me llama así la mayoría de mis compañeros y compañeras. A mí, la verdad, me da lo mismo. Mejor Air Force One que otra cosa.

A Mireia Soler la llaman la Tarta, de tartaja, porque tartamudea cuando habla, la pobre. Y a Adrián Castillo lo llaman Harry Porker porque se parece a Harry Potter, pero en puerco, sucio y maloliente, siempre va hecho un cromo, con la ropa sucia, el pelo grasiento y las uñas negras. Air Force One tiene un toque *chic*, de peli americana.

Fue uno de los imbéciles, Tito, que se sienta al lado de Tom, quien descubrió el original de El Anticlub abierto encima del libro de mates de su compañero, mientras el profesor corregía los deberes en la pizarra.

—¿Qué lees?

Tom pasó de él, como hace siempre. Tito es de los que no aprueban ningún crédito y cuya presencia en clase sólo sirve para agotar la paciencia de los profes, que en una sola hora de clase son capaces de decir diez veces «Tito, calla», diez veces más «Tito, siéntate» y diez más «Tito, no molestes». A menudo todos estos «Titos» acaban en un «Tito, ¡fuera!», más imperativo. Me imagino que tener un hijo como Tito tiene que ser una losa para sus padres, y pienso como el profe de plástica, que un día le preguntó a Tito si cuando cerraba la puerta de su casa para ir al cole no oía un ruido, algo que explotaba.

—¿Una explosión? ¿Qué quieres decir con una explosión? —preguntó Tito intrigado.

—Siempre he pensado que cuando sales de casa, tus padres abren una botella de cava para celebrarlo.

Tito se enfadó con Tom, porque éste no quiso decirle qué leía con tanta atención. Por eso levantó el brazo, lo que no hace nunca, para pedir la palabra. El profe detuvo la explicación del ejercicio para preguntarle qué quería ahora, y él delató a Tom.

—No está corrigiendo los ejercicios. Está leyendo un libro.

Tom se enfadó; el profe fue hasta la mesa, cogió el original que Tom intentaba esconder bajo el libro de mates, y ya la teníamos liada.

Yo contemplé atónita toda la operación, y vi como el original de *El Anticlub* pasaba de las manos del profe al interior de su bolsa de piel negra. Tom se puso a gritar como un desesperado.

—¿Quieres hacer el favor de callar, Javi? —lo amonestó el profe, que, como siempre, se equivocó de gemelo.

Tom, que siempre saca buenas notas en mates, temió por su futuro más inmediato y le soltó un sopapo a Tito, que se puso de pie y se lo devolvió. Las gafas de Tom fueron a parar a la mesa de Meritxell. El profesor se puso nervioso y echó de clase a los dos contrincantes.

—¡Me esperáis delante de secretaría! ¡A las doce y media tendremos una charlita con la tutora!

Durante el rato siguiente, los pocos comentarios que pude oír se referían no sólo a la injusticia cometida contra el pobre Tom, sino a qué debía de ser aquello que leía con tanta avidez a la hora de mates. Los compañeros murmuraban que tenía que ser algo importante, porque Tom es de los que siempre están pendientes y concentrados en las mates, y que si lo que leía le había llamado tanto la atención, era porque debía de ser algo bastante importante. Antes de que acabara la hora, oí a Jésica que le decía a Marta que se trataba «del diario de Air Force One», y cuando el profe ya recogía las cosas, Marta le explicaba a Enrique Anadón que era «el diario de Air Force One, lleno de marranadas».

El rumor debió de correr como la pólvora, porque cuando el profesor salió por la puerta, todas las miradas de los compañeros se centraron en mi persona.

A la una menos cuarto estábamos en la puerta de la escuela esperando a Tom, que todavía estaba reunido con el de mates y la tutora. Yo necesitaba saber qué había pasado con mi original. Jerry estaba muy nervioso y se compadecía de la mala suerte que había tenido su hermano.

—¡Es injusto! ¡No hay derecho! —se lamentaba—. ¡Todo por culpa de esa mierda de diario de tu hermana!

—¡La culpa no es mía ni del diario! —protestaba yo—. ¡La culpa sólo es del imbécil de Tito! ¡Cuánta razón tenían mi hermana y sus amigos cuando fundaron aquel club para luchar contra las injusticias! ¡Y no hay marranadas! ¡Eso se lo han inventado las monjitas de segundo!

Íker bajó la cabeza y sospeché que había sido él quien había hecho correr el rumor sobre el diario inocente de Sonia. Álex propuso no perder los nervios y esperar a Tom. Cuando llegó, cabreado, contó que la tutora había confiscado el original.

—¿Que lo tiene ella? ¿Y qué hará con él? —pregunté, desesperada.

—Pues dice que se lo enseñará al director.

—¿Dice el diario algo malo del director? —preguntó Álex.

¡Madre mía!, pensé. ¡Qué mala idea haber llevado el manuscrito a la escuela!

Por la tarde, antes de entrar en clase, unas diez personas vinieron a preguntarme por el diario. Todo el mundo quería saber de qué iba y si era tan marrano como decían. Me preguntaban si había sexo y drogas, y si era verdad que podían expulsarme de la escuela por el contenido de aquellas páginas. No me lo podía creer. ¡Todo aquel follón por nada! La cosa acabó de complicarse cuando, a la hora de tecnología, la secretaria entró en el aula, pidió permiso al profe para interrumpir la clase y me anunció, delante de todo el mundo, que a las cinco y media fuera a secretaría para mantener una entrevista con el director. Aquello fue la gota final. Me convertí en el centro de atención de las veintiséis personas de la clase, que no paraban de mirarme con curiosidad. ¡El director quería una entrevista! ¡Por fuerza debían de acusarme de algo muy gordo!

Nadie se atrevió a preguntarme nada. Se dedicaban a mirarme y callar. Nunca en mi vida me había sentido tan observada. La presión era tan fuerte que casi me hundo y me pongo a llorar.

A la hora de inglés, Íker tuvo que salir de clase porque se estaba mareando. Mientras salía, me miraba, pálido, los ojos fuera de las órbitas. Seguro que había visto un muerto a mi lado, o quizá me había visto muerta a mí misma.

A las cinco y media, nadie se levantó de la mesa. Yo puse los libros y las libretas en la bolsa, cogí la cazadora del perchero y salí en silencio, sin mirar a nadie.

Esperé al director delante de secretaría. A través de la puerta de cristal, vislumbré un numeroso grupo de curiosos que espiaban la escena. Cabizbaja, con la bolsa a mis pies, esperé sentada en un sillón.

El director me hizo entrar en su despacho. Sobre la mesa estaba el original de Sonia, abierto por la mitad.

—He estado leyendo este texto, Martina. No sabía que existiera —dijo el hombre rascándose la barbilla—. ¿Se trata de algo que se publicará?

—No lo creo, señor. Lo escribió Guillermo, compañero de Sonia. Los dos fueron alumnos de la escuela.

—Los recuerdo, claro. A ellos y a toda la pesca que aparece en el texto. Hasta yo salgo.

—Y lo dejan bien ¿no?

El hombre se echó a reír.

—Sí, sí, eso no debe preocuparte. Algunos de mis compañeros no quedan tan bien parados, pero, en general, no hay ninguna falta de respeto. La verdad es que me ha hecho gracia leerlo. ¿Qué estudia Guillermo?

—Periodismo.

—Bien. Le auguro un brillante futuro. El chaval escribe bien. Hace tiempo que no sabemos nada de toda aquella panda. Formaron un grupo peculiar. Y lo reafirmo ahora, después de leer estas anécdotas tan graciosas. —El director hizo una pausa y aprovechó para hojear el original—. No te he hecho venir para nada especial, Martina. Eres una buena alumna, y los profesores están contentos contigo. Pero me pregunto si es bueno que este texto circule por la escuela...

—No circula, señor. No lo ha leído nadie.

—No es eso lo que me han dicho. En el momento de ser requisado, parece que lo estaba leyendo Tomás Calvó. Y, además, lo hacía en clase de mates...

—Fue un despiste. Yo se lo dejé para que lo leyera en su casa, no en clase de mates.

—Insisto: no me parece adecuado que lo lean tus compañeros. No por nada en especial, sino porque los tiempos han cambiado, y la manera de ver las cosas también ha cambiado, y seguro que ahora todo es diferente...

El hombre no sabía cómo continuar.

—No lo entiendo, señor director.

—Es difícil de explicar, Martina. Estamos en una pequeña comunidad, la escuela. Y cada individuo de la comunidad ve su talante de una manera diferente y personal, como es lógico. No podemos aceptar que la visión de la comunicad sea exclusivamente la que tuvo Guillermo, tu hermana y sus compañeros. Quiero decir que ellos tenían la suya, y la reflejaron en ese texto, pero que cada uno tiene la suya, que no tiene por qué converger exactamente con la de ese texto... No sé si me entiendes, y, por otra parte, es difícil de explicar. Te pondré un ejemplo sencillo: a la profesora Pilar la llaman la Mocho. La llamaban así antes, y así la llaman todavía, ya lo sé, porque sus pelos son toda una revolución. Una cosa es que le hayan puesto ese apodo y que los alumnos lo utilicen; a ella seguro que no le hace ninguna gracia, pero la realidad es esa. Ahora bien, que esté escrito en algún sitio que Pilar es la Mocho, como dar por hecho que a partir de ahora se la puede llamar así. Es como si quedara determinado y certificado que ella es la Mocho, y eso equivale a dar cierta carta blanca a todo el mundo para que la llamen por ese mote. No sé si captas el sentido de mis palabras...

—Me parece que sí.

—La pandilla de tu hermana la llamaba la Mocho. Ahora también la llaman así, ya lo sé, yo mismo lo he oído un montón de veces. Pero no está «escrito» en ningún sitio que ella sea la Mocho. ¿Me entiendes ahora? Son esos pequeños detalles los que me dan miedo. Me da miedo que todo lo que se diga en esas páginas sea tomado como la verdad única, y eso no es cierto. Esas páginas retratan las experiencias concretas de un grupo concreto de personas, pero no son totalmente objetivas, como es evidente. La experiencia de ese grupo es la que está escrita ahí, sin duda, pero eso no quiere decir que eso sea la realidad de la escuela.

—No traeré más el libro a clase.

—Eso es lo que quería pedirte, Martina. Y ten cuidado a quién le dejas leerlo. No me gustaría que me vieras como un censor, como alguien que te prohíbe una cosa inocente. Yo tengo un trabajo y una responsabilidad, y por eso me atrevo a pedirte lo que te estoy pidiendo.

—No lo leerá nadie —afirmé.

—Eso tampoco es posible... Tú y yo sabemos que no cumplirás eso...

—No lo leerá nadie que no tenga que leerlo.

—Ahora nos entendemos, muchacha.

ES DIFÍCIL PONERSE DE ACUERDO

La suerte estaba de mi parte y decidí aprovecharla. Al día siguiente, en clase, todo fueron preguntas que yo contesté con silencios. Me disfracé con una capa de misterio que fascinaba la curiosidad de mis compañeros. Aquella mañana nadie me llamaba Air Force One: yo era Martina, la increíble Martina que se había entrevistado con el director a causa de un diario súper fuerte y súper secreto del que no podía hablar. A la hora del recreo, sentada en el banco de piedra sin moverme y con la cabeza baja, se acercaron alumnos de toda la ESO para preguntarme por el diario prohibido y por todas las aberraciones que se contaban en él. Yo, muda, como cuando me hacía la muerta. Ni una palabra. Se llegó a decir que estaba pendiente de expulsión si abría la boca y que las acusaciones eran tan graves que el asunto había pasado a manos del juez de menores. Que recibiría protección oficial, que se habían cursado denuncias por parte de los profesores, que la asistente social del barrio se entrevistaría con mis padres y que seguro que tendrían que internarme en un reformatorio.

Aquella mañana triunfé. Los de la pandilla de Álex, bajo la canasta de baloncesto, no me quitaban los ojos de encima. Estoy segura de que estaban celosos de la popularidad que había adquirido en un solo día. Tom enseguida perdió el interés de la gente. Primero todo el mundo fue a preguntarle a él, porque, en teoría, era el único que había leído el diario. Pero Tom, gracias a la mala jugada de Tito, sólo había llegado a la página diez, y no había descubierto nada digno de mención que pudiera interesar a los curiosos. También fueron asaltadas las monjitas de segundo cuando se supo que lo habían tenido en las manos. Acorraladas en medio del patio, nerviosas y sin saber cómo comportarse, confesaron que sólo habían leído un par de páginas al azar, en las que mi hermana contaba cómo fumaba a la salida y se daba besos con lengua con los compañeros.

—¿Y sólo eso?¿Cuatro besos y fumar?

—¿Y te parece poco, mocoso? ¿Tú qué edad tienes?

Lourdes y Asun no se me acercaron aquel primer día de mi reinado. Me dejaron sola en mi esfera de mutismo; sola pero rodeada de curiosos y preguntas.

—¿Es cierto que el director intentó agredirte para que quemaras el diario?

—¿Es cierto que salen armas de fuego en la escuela?

Sin comentarios. A la una y media, el grupo de la canasta me esperaba a la puerta de la escuela.

—¿No piensas explicarnos nada? —me preguntó Álex.

—¿Por qué tendría que hacerlo? A vosotros no os interesa eso del club. Ayer me lo dijisteis muchas veces.

—¡Pero tú eres nuestra amiga! —se quejaba Tom—. Además, yo ya empecé a leerlo. ¡Y, de hecho, todo este follón se ha formado por mi culpa...!

—Ayer vi un muerto a tu lado, Martina —dijo Íker—. Si quieres puedo contarte qué pinta tenía y...

—No me interesa, Íker. No me interesa nada de lo que podéis ofrecerme. Ahora soy popular, Álex, ya lo ves. Ahora puedo decidir quiénes quiero que sean mis amigos y quiénes serán los miembros de mi club.

—¿Qué quiere decir «mi club»? ¿De qué club hablas?

—Martina quiere formar un club como el de su hermana —dijo Álex.

—¿Qué? ¿Un club? ¿Y no pensabas proponérnoslo a nosotros?

—¡Claro que pensaba hacerlo! Por eso quería dejaros leer el texto de Sonia. Pero ahora ya no lo sé. Me habéis decepcionado, chicos. No sé si sois las personas idóneas para pertenecer a mi club.

—¿Qué hay que hacer para ser miembro de tu club? —quiso saber Jerry, que estaba muy excitado con la idea.

—No lo sé. Tengo que pensarlo.

—Hay que ser fan de algo —dijo Álex—. Ayer me lo dijo.

—Ayer era ayer, Álex, y ahora, como puedes comprobar, las cosas han cambiado. Enrique y Óscar me han preguntado si quiero ir con ellos al parque esta tarde. Quizá acepte.

—¿Con ellos? Con esos cuatro desgraciados harás un club? ¡Tú estás chalada, niña! —se alarmó Tom.

—¿Es importante que fumen y que les gusten las motos? ¡Yo veo muertos! ¿Eso sí que es fuerte! —exclamaba Íker—. ¡Lo mío sí que da prestigio a un club!

El chaval de segundo que no se cómo se llama se acercó a nosotros.

—¡Hola Martina! ¿Es verdad que estás buscando gente sin escrúpulos para formar una banda terrorista?

Convoqué una reunión en mi casa el sábado a las once de la mañana. Mis padres habían ido a Ikea y no volverían hasta las tres. Con la paga semanal compré tres litros de batido de chocolate y un par de bolsas de cruasanes pequeñitos. Los primeros en llegar fueron los gemelos, que se quedaron alucinados con la colección de aviones en miniatura y el montón de libros sobre aeronáutica que tengo. Después llegaron Álex e Íker, que tuvo que mojarse la cara en el lavabo porque había visto un niño muerto en la escalera de mi casa. A las once y media, cuando ya estábamos sentados a la mesa del comedor y Jerry se disponía a escribir un acta de la reunión, llegó Harry Porker.

—¿Qué haces tú aquí? —le pregunté en la puerta de entrada—. ¿Quién te ha invitado, si se puede saber?

—Íker. Me dijo que nos encontraríamos a las once en tu casa para hacer un club. He venido tan deprisa que no he tenido tiempo de ducharme.

El chico de segundo, que ahora ya sé que se llama Pablo Cusí, llegó enseguida, cuando todavía discutíamos si Harry Porker se podía quedar o no y yo rociaba la silla donde tenía que sentarse con un desodorante de mi padre, para que no dejara ningún rastro. Pablo trajo una bolsa de gominolas, un detalle que todo el mundo apreció y aplaudió. Y a las doce menos cuarto llegó el último invitado, la gran sorpresa que les tenía reservada: Enrique Anadón.

Cuando entró en el comedor, todo el mundo se quedó en silencio. Los gemelos se miraron el uno al otro, y debían de decírselo todo con la mirada, porque parece ser que todos los gemelos tienen telepatía. Álex hizo el gesto de levantarse de la silla e irse a su casa. Íker puso la misma cara que ponía cuando veía un muerto.

—Enrique también está invitado a la reunión —los informé.

La verdad es que Enrique se quedó tan parado como los otros, porque no se esperaba encontrarlos en la reunión. A Enrique le había dicho que habría gente de segundo, lo que no era mentira porque estaba Pablo, y que se hablaría del diario y de la entrevista con el director. Todos los de primero de ESO convocados a mi casa odiaban a Enrique Anadón porque Enrique se reía de ellos. Y yo había conseguido la proeza de reunirlos a todos.

—¿Qué hace éste aquí? —me preguntó Álex.

—¡No me dijiste que fuera una reunión de *frikis*! —me dijo Enrique.

Empezamos, pues, con una situación más bien tensa. La verdad es que Enrique es un desgraciado, y que a mí tampoco me cae nada bien. Pero dos factores propiciaron que lo invitara: el primero es que Enrique es el más guapo de la clase y que gusta a todas las chicas, y a mí, también. Y el segundo es que quería dar muestras de mi poder ante la pandilla de la canasta. Martina había cambiado. Martina se había convertido en una mujer poderosa y podía permitirse el lujo de quedar con un granuja como Enrique, e incluso invitarlo a su casa. Era un riesgo que la cosa cuajara, quizá sí, pero en aquellos días, yo, como un avión, flotaba en una nube.

—No sé si me interesa quedarme —dijo Enrique.

—A nosotros tampoco nos interesa que te quedes —le contesto Álex.

—Me parece que me voy a casa —añadió Enrique.

—A nosotros nos parece bien que lo hagas —le contestó Álex.

El único que no percibía la tensión del momento era Harry Porker, que devoraba cruasanes y gominolas sin parar.

—¿Quieres parar de comer, asqueroso? —lo abroncó Tom.

—Siéntate, Enrique. Si no te gusta la reunión, te vas —le dije, amable, mientras le acercaba una silla.

Enrique, con los ojos de todos los demás clavados sobre él como si fueran puñales, se hizo el valiente y se sentó. Entonces, yo, para romper el hielo, me sitúe en la presidencia de la mesa e hice un resumen de lo que se había comentado en la reunión hasta aquel momento.

—Me gustaría formar un grupo en la escuela. Será una especie de entidad secreta y nadie sabrá que existimos. Mi hermana lo hizo hace años, con una pandilla de amigos, y se lo pasaron muy bien. El misterioso diario que cogió el de mates contaba las aventuras del grupo de mi hermana...

—¿Qué tipo de aventuras? —me interrumpió Enrique.

—Llevaban a cabo acciones contra cosas o personas de la escuela.

—¿Qué tipo de personas?

—Gente como tú, por ejemplo —dijo Álex.

Enrique se levantó de la silla arrugando la nariz e hizo el gesto de irse hacia Álex para zurrarle.

—¡Si no hay un poco de orden no podré continuar! —exclamé—. Siéntate Enrique, que aún no he terminado.

—¡A la próxima que abras la boca, te la parto! —gritó Enrique dirigiéndose a Álex.

Jerry intentó poner paz y pude continuar.

—Los de la pandilla de mi hermana actuaban juntos cuando veían algo que no les gustaba o cuando se cometían injusticias. Entonces tenían una reunión y decidían el sistema para atacar a la persona o grupo de personas en cuestión. Elaboraban un plan, lo llevaban a cabo y conseguían resolver el caso sin que nadie de la escuela los descubriera.

—¿Eran una especie de policía?

—Eran unos vengadores.

—¿Contra qué personas luchaban? —insistió Enrique.

—La gente que esté dispuesta a formar parte del club podrá leer el manuscrito de mi hermana. Allí se explica todo.

—A mí me parece que tendríamos que leerlo antes para saber si nos interesa o no participar en el club —sugirió Pablo.

—Eso es imposible. Si alguien lee el manuscrito y después dice que no quiere participar en las acciones, el resto se sentirá traicionado, porque la persona en cuestión conocerá nuestros métodos y podrá delatarnos.

—¿Y el grupo estaría formado por las personas que estamos aquí? ¿Sólo nosotros? —preguntó Enrique.

—De momento, sí —dije—. Pero estamos abiertos a nuevas incorporaciones, siempre que sea gente de confianza.

—¡Yo no tengo nada que ver con vosotros! —se quejó Enrique—. Yo formaría parte de la pandilla si estuvieran mis amigos.

—¿Tus amigos? —le preguntó Álex—. Martina estaba hablando de formar una pandilla, no un saco de mierda.

Esta vez, ni Jerry ni yo pudimos parar la pelea. Enrique se tiró como un loco sobre Álex, que casi no tuvo tiempo de levantarse de la silla. Los dos fueron a parar al suelo y se pelearon como dos bestias sobre la alfombra del comedor. Rodaban uno sobre otro mientras los demás intentábamos separarlos. En cierto momento, uno de los puñetazos de Enrique salió desviado y fue a dar contra el marco de fotografías de la mesilla, que hizo caer el candelabro, el jarrón rosa y la figurita del chino como si fueran fichas de dominó. El cataclismo fue impresionante y se saldó con la rotura del cristal del marco, la partición en mil trozos del jarrón y la decapitación del chino.

—¿Queréis hacer el favor de parar? ¡Habéis destrozado las cosas de mi madre! —grité.

Los combatientes me hicieron caso y se levantaron enseguida. A Álex le salía un poco de sangre por la nariz, y Tom tuvo que tumbarse en el sofá porque es aprensivo con la sangre, y cuando ve una gota se marea y se pone blanco como el papel. Mientras Jerry auxiliaba a su hermano, acompañé a Álex al lavabo para que se lavara la cara y le puse una bolita de algodón en la nariz. Cuando volvimos al comedor, Íker y Pablo ya habían recogido los destrozos, Harry seguía comiendo migas de cruasán, Tom había vomitado un poco sobre la tapicería del sofá y Enrique no estaba.

—Se ha ido —me informó Jerry—. Ha dicho que no le interesa la reunión.

—Mejor para todos —dijo Álex.

¡Qué desastre de encuentro! ¿Cómo podía formar un club con gente tan impresentable? Pensé que sería mejor echarlos a todos de casa antes de que rompieran algo más o me la dejaran hecha un muladar de sangre, vómito y hedor. ¿Cómo había hecho mi hermana para encontrar gente? ¡Qué suerte había tenido de pertenecer a una clase como la suya!

Volví a sentarme a la mesa, completamente desanimada. Álex me pidió perdón por el destrozo y dijo que estaba dispuesto a hablar con sus padres para pagar los desperfectos. Tom y Jerry intentaron quitar la mancha del sofá con un remedio que habían aprendido de su madre e Íker procedió a rociar, una vez más, a Harry Porker con desodorante, ya que, por lo que parecía, la excitación ambiental aumentaba la función de sus glándulas sudoríparas.

—A mí eso del club me parece muy buena idea —dijo de repente Pablo.

Levanté la cabeza para mirarlo, y lo mismo hizo el resto de los presentes.

—Soy nuevo de este año y no tengo amigos en la escuela. Sólo os conozco a vosotros. Formar una pandilla no me parece nada mal —añadió.

—A mí también me parece bien —dijo Jerry.

Cuando pasaban tres minutos de la una del mediodía, todos firmamos el acta de creación del club que había escrito Tom. Uno tras otro estampamos nuestra firma justo debajo de donde ponía «Los miembros del club».

Entonces, mientras Íker intentaba pegar con superglú la cabeza del chino, concertamos una reunión urgente para el lunes a la hora del recreo para decidir cuál sería la primera misión del club. Teníamos el fin de semana para pensar en los objetivos y hacer una lista de lo que no funcionaba en la escuela, como habían hecho los de la pandilla de Sonia. El lunes nos encontraríamos para hablar de ello. Todos estuvimos de acuerdo.

—Y no olvidéis que se trata de una agrupación secreta —les recordé—. ¡Nadie puede saber que existimos!

¡Un nuevo club! Un nuevo club mayoritariamente masculino, pensé. Quedamos en que Tom empezaría a leer el diario de Sonia, y que se lo pasaría a Jerry. El domingo por la tarde lo llevarían a casa de Pablo. Pablo se lo pasaría a Álex el lunes antes de comer, y él, cuando acabara, se lo pasaría a Íker. Harry Porker dijo que no le gustaba leer y que se fiaba de la opinión de los otros.

—¿Y qué pasará con Enrique? —preguntó Pablo.

—Enrique no tiene que saber que hemos formado el club.

—¿Y si sospecha?

Tom dijo que era peligroso que nos viéramos a la hora del recreo, porque Enrique estaría pendiente de nuestros movimientos y podría delatarnos.

—Y entonces, ¿dónde podemos quedar? —preguntó Íker.

La cabina del lavabo era tan estrecha que necesitamos tres minutos en encontrar la estrategia para encajarnos en ella. Ninguno de nosotros era lo bastante valiente como para compartir sin máscara antigás aquel espacio tan reducido con Harry Porker. Tom tuvo la idea.

—Tú no puedes asistir a la reunión hoy, Harry, porque todavía no te has leído el manuscrito.

—¡Me dijisteis que no era necesario! —se quejó él.

—No, no lo es, pero, como mínimo, tendrás que esperar a que alguno de nosotros te lo explique de palabra, tal como quedamos. O sea, que hoy has venido a hacer de vigilante.

Harry Porker tenía que quedarse en la puerta del lavabo de chicos y tenía la misión de dar unas palmadas cuando alguien entrara a hacer pipí o a beber agua. Decidimos que diera unas palmadas porque no sabía silbar. Entonces, los demás teníamos que callarnos y no movernos hasta que la persona o las personas abandonaran el lavabo.

La reunión secreta no fue nada bien. Todos los chicos tenían ganas de hacer pipí a la hora del recreo, porque Harry no paraba de dar palmadas todo el rato, y nosotros teníamos que callarnos y no podíamos discutir ni debatir nada.

Harry daba cada vez palmadas más suaves, como disimulando, porque se ve que la gente le decía de todo. No es normal que un chaval aplauda a la gente que entra al lavabo. Algunos se limitaban a decir «¡Olé!»; otros le preguntaban si se había vuelto loco o si celebraba San Meao. La profesora encargada de vigilar el recreo no le dijo nada la primera vez que lo vio. La segunda vez le preguntó si se encontraba bien. La tercera vez, cinco minutos después, llegó acompañada de otra profesora y del jefe de estudios.

—¿Va todo bien, Adrián? —le preguntó el jefe de estudios cuando comprobó que, tal como le había dicho la profesora, un niño de primero de ESO estaba aplaudiendo a la puerta del lavabo—. ¿Hay algún problema?

—No, no. Todo bien.

—¿Aplaudes por algo en especial, Adrián? ¿Estás muy contento? ¿O angustiado?

—No, no. Estoy bien.

Pero en aquel momento entraba otro chico en el lavabo y Harry volvió a aplaudir.

—¿Te gusta que los niños entren a hacer pipí, Adrián? ¿Has hecho una apuesta o algo parecido?

—Los cuento, don Pedro.

—¿Qué cuentas?

—Cuento los chicos que entran a mear. Cada chico que entra es una palmada.

El jefe de estudios y las profesoras se miraban unos a otros sin hacer comentarios.

—¿Y esto de contar los chicos que entran a hacer pipí es algo que haces a menudo, Adrián?

—Lo hago cuando me aburro, don Pedro.

Una de las profesoras debió de desconfiar, porque le insinuó al jefe de estudios que entrara a echar una ojeada. «Con este niño... ya se sabe, pero, por si acaso, comprueba que no haya nada extraño», le dijo. Entonces Adrián se puso a dar palmadas más fuerte que nunca, y nosotros nos quedamos totalmente inmóviles pensando qué podía significar aquel nerviosismo.

—¿Y cómo es que ahora das palmadas más fuertes, Adrián? —le preguntó una de las profesoras.

—Es que don Pedro es más mayor. Por los adultos tengo que dar palmadas más fuertes.

Parece ser que una de las profesoras le comentó a la otra que necesitaba unas vacaciones o una excedencia.

El jefe de estudios llamó a la puerta de la cabina donde estábamos nosotros. Jerry y Álex estaban de pie sobre la tapa del váter; Íker y yo, sentados a sus pies, sobre la tapa, y Tom y Pablo estaban de pie sobre el suelo. Aguantamos la respiración.

—¿Quién hay ahí? ¿Quieres hacer el favor de contestar? —gritó el jefe de estudios.

Entonces, Tom dijo:

—Soy yo, don Pedro. Tomás Calvó.

—¿Y qué haces ahí encerrado?

—Hago de vientre, don Pedro.

A Álex se le había dormido una pierna porque estaba en una posición muy extraña sobre el váter, y con los nervios perdió el equilibrio y se cayó encima de Pablo, que golpeó con el hombro contra la puerta de la cabina.

—¿Qué caray pasa, Tomás? ¡Quiero que abras la puerta!

—Es que ahora mismo no puedo, don Pedro.

—¡O abres la puerta o yo te abro un expediente disciplinario!

La profesora también entró, alarmada por los gritos de su compañero, justo en el momento en que abrimos la puerta. Con los ojos como platos y las bocas abiertas, el jefe de estudios y la profesora presenciaron nuestra salida desordenada, primero los que estaban de pie, después, los sentados. Los dos se fijaron en que yo era la única chica de aquel grupo de seis personas encerradas en una cabina del lavabo de chicos.

—Ésta sigue los pasos de su hermana —oí que le decía la profesora al jefe de estudios.

Don Pedro me ordenó que lo esperara en su despacho antes de salir al recreo.

—¿Puede saberse qué hacías allí encerrada con cinco chicos?

—Charlábamos —dije.

—¿Sólo charlabais? —preguntó él—. A ver, Martina, estáis en una edad complicada. Estáis haciéndoos mayores, y vuestros cuerpos cambian, tanto por dentro como por fuera. Quiero decir que quizá no es la mejor idea eso de encerrarte con cinco chicos en una cabina del lavabo. No, créeme, no es lo mejor que puedes hacer. ¿Seguro que no hay nada que quieras contarme?

—No, don Pedro.

—Vete al patio. Y que no vuelva a pasar, Martina.

—No le diga a nadie que nos ha visto allí, don Pedro, por favor. Sobre todo, que no lo sepa Enrique Anadón, que el sábado cuando lo hicimos en mi casa también estaba, y no quiero que sepa que hemos vuelto a hacerlo sin él.

El jefe de estudios se quedó en silencio. Decía que no con la cabeza y se mordía las uñas, y no me saludó cuando le dije adiós y gracias.

EL POEMA DE LA PAJARICA

Me reventaba ser la única chica del grupo, y me propuse ponerle remedio. Tenía que buscar una compañera. Así se lo dije a los chicos el martes por la tarde cuando nos encontramos en casa de los gemelos para discutir y planear las primeras acciones del grupo. Había sido imposible celebrar una reunión a las horas de recreo, ya que no podíamos escondernos de los compañeros ni de los profes, y por eso Tom y Jerry se ofrecieron para acogernos en su habitación el día que no tenían ninguna actividad extraescolar.

—¿Y a qué chica quieres invitar? ¿A una de las monjas de segundo? —preguntó Tom.

—¡No, qué dices! Yo querría alguien que me cayera un poco bien.

—¿Y la Tarta?

La Tarta era Mireia Soler, la pobre. Era muy buena chica, y en lo académico, la número uno. Pero yo no me entendía bien con ella, y no porque fuera tartaja, sino porque no coincidíamos en las cosas que nos interesaban. Mireia, por ejemplo, nunca había querido saber nada de aviones, y a mí eso me molesta. No le interesa volar. No muestra interés por los aeropuertos, ni por las azafatas, ni siquiera por los aviones del 11-S. Yo, personalmente, con una chica que no tiene ningún interés, aunque sea mínimo, por un avión, no me entiendo.

La abuela de los gemelos se puso contenta cuando descubrió una chica entre la pandilla de chavales que llegó aquella tarde a su casa. Después, ellos mismos reconocieron que era la primera chica, aparte de la familia, que ponía los pies en su habitación. Dos camas iguales, dos nórdicos iguales, dos mesas del mismo tamaño, dos ordenadores iguales, dos alfombras iguales. Me imaginé que si abría la puerta del armario encontraría todas las prendas repetidas.

Íker estuvo intranquilo toda la tarde, porque la abuela, mientras nos servía un vaso de leche con Cola Cao a cada uno, comentó que a ella y a su marido, el abuelo de los gemelos, siempre les habían gustado mucho los niños, y, a continuación, nos contó que hacía poco que se había muerto su marido y que lo echaba mucho de menos. Íker pensó que quizá el espíritu del abuelo de los gemelos andaba todavía por la casa, y tenía miedo de que se le apareciera de un momento a otro. Jerry le dijo que su abuelo se había muerto de un ataque al corazón; que, en todo caso, su aparición, si se producía, no debía de impresionar demasiado, porque seguro que estaría pulcro y bien vestido, como siempre, que su abuelo había sido un señor muy elegante.

Tom obligó a Harry Porker a quitarse las deportivas inmundas antes de pisar la moqueta de su habitación, pero fue peor el remedio que la enfermedad, porque el tufillo de aquellos calcetines era inaguantable y tuvieron que ponerle dos bolsas de plástico en los pies, sujetas a los tobillos con gomas de pollo.

Teníamos mucho trabajo por delante. Según el manuscrito de mi hermana, antes de nada había que hacer una lista de cosas o personas que nos disgustaban y contra los cuales debíamos luchar. Todos, excepto Harry, habíamos leído el manuscrito de *El Anticlub* y, por lo tanto, teníamos una idea de qué tipo de cosas podíamos considerar «desagradables». En una primera ronda, Álex y Jerry apuntaron, como cosa desagradable, «Enrique Anadón». Íker dijo que no le gustaban las mates. Tom votó por la profesora de lengua. Le pedí que concretara.

—¿Qué es lo que no te gusta de la profesora?

—No me gusta en general.

—Eso no es un motivo convincente. No podemos ir «en general» contra la profesora —intenté hacerle entender—. Puede no gustarte cómo puntúa o como explica...

—No me gusta ella.

—Pues nos la cargamos —sugirió Harry Porker.

La reunión era complicada. Íker descubrió que los gemelos tenían un juego de Play Station que él no tenía, y les pidió permiso para probarlo. Tom dijo que sí, y Jerry dijo que no. Pablo, el de segundo, dijo que qué se habían creído, y que si él se había saltado el entrenamiento de hockey no era para jugar a la Play. Álex opinaba que aquella reunión era un rollo y que se estaba aburriendo. Harry Porker quería más Cola Cao.

Las primeras reuniones del Anticlub original también habían resultado difíciles, y así lo había escrito Guillermo en el manuscrito. Las peleas eran constantes, y nunca se ponían de acuerdo en los objetivos. Los gemelos se enfadaron entre ellos por el maldito juego que Íker quería probar; a continuación, Tom se peleó con Harry porque ya se había tomado tres vasos de Cola Cao y ya estaba bien, a ver si iba a acabárselo. Álex y Jerry discutieron por el precio de un envase familiar de Cola Cao; el primero estaba seguro de que costaba más de tres euros, y el segundo decía que no, que no llegaba a dos euros y medio. La cosa se complicó cuando el tercer vaso de Cola Cao de Harry se derramó sobre la mesa y empapó todos los papeles que los gemelos tenían allí. Finalmente, la abuela asomó la cabeza por la puerta para averiguar que era aquel girigay, e Íker se mareó, porque detrás de la abuela apareció la cabeza cortada del abuelo. Tom, gritando como un loco, decía que su abuelo no había muerto con la cabeza cortada. «¡Ni que lo hubieran guillotinado!» gritaba. La abuela, que no estaba enterada de la facultad extrasensorial de Íker, se horrorizó al escuchar las tonterías que decían unos y otros sobre la muerte de su pobre marido.

Harry se dio cuenta de que no llevaba las zapatillas cuando ya estábamos en la calle, y los gemelos no le dejaron subir a recuperarlas, así que se las tiraron por la ventana, con tan mala suerte que una de ellas cayó en medio de un contenedor lleno de escombros que había delante de la casa de los gemelos. La operación de recuperar el zapato fue toda una gesta, porque ninguno de nosotros quería escalar aquel contenedor altísimo lleno de residuos para recuperar un zapato apestoso, y

Harry decía que él no podía hacerlo porque iba descalzo. Finalmente, Pablo se brindó a dejarle sus zapatos, con la condición de que se los pusiera sin quitarse la bolsas sujetas con gomas, porque no quería que aquellos calcetines infectos apestaran sus zapatillas. Cuando Harry recuperó el zapato, bajó del contenedor, y Pablo descubrió que los suyos habían quedado cubiertos de polvo, y los dos se pusieron a discutir en medio de la calle. Finalmente, Harry accedió a quitarle el polvo a las deportivas de Pablo con su jersey.

—¡Si lo llevas asqueroso y lleno de manchas! —le hizo ver Pablo—. ¿Qué más da que le pongas un poco más de mierda?

Pablo, el de segundo, y yo anduvimos un buen rato juntos, porque resulta que somos vecinos. Antes de llegar a mi casa, Pablo me dijo que tenía que decirme una cosa y nos paramos delante de la sucursal de La Caixa.

—¿Quieres salir conmigo? —me preguntó.

—¿Salir?

—Quiero que seas mi novia.

Me quedé de piedra. Nunca me había preguntado ningún chico si yo quería ser su novia, y menos aún un chaval al que casi no conocía. Lo miré fijamente para comprobar que no estuviera hablando en broma.

—¡Pero si no nos conocemos de nada!

—¿Y qué? Si salimos juntos y nos convertimos en amantes, ya no iremos conociendo ¿no te parece?

—¡Tú estás chalado!

Pablo mantenía aquella conversación como si fuera la cosa más natural del mundo, como si me preguntara si había hecho los deberes de sociales o si me gustaba el estofado de ternera. No ponía ninguna cara rara ni temblaba ni se mostraba inseguro o avergonzado. Cuando le dije que estaba chalado, se encogió de hombros y siguió andando.

—No importa. Algún día me dirás que sí.

A la mañana siguiente empecé la búsqueda de una compañera de pandilla. Con las de mi clase acabé enseguida: ninguna de ellas me interesaba para nada. A la hora del recreo, y tragándome el orgullo, me acerqué a las monjitas de segundo, que estaban en plena labor de misioneras ayudando a los de P3 en el patio de arriba. Los habían hecho formar una cola delante de la fuente y, uno por uno, los cogían en brazos para acercar sus boquitas al chorro de agua que subía vertical desde el surtidor.

—Quería pediros que me presentarais alguna chica de ESO que no tenga amigas.

—¿Buscas una amiga? ¿Una apocadita como tú? —me preguntó Asun.

Mi propuesta les alegró la mañana. Abandonaron a los niños de P3 y me cogieron una de cada mano.

—Te buscaremos una amiguita, Martina. ¡Conocemos un montón de niñas!

Y corrimos como unas desesperadas por el patio de ESO en busca de niñas apocaditas. Les advertí que a las de primero ya las tenía caladas y que no me interesaban. Pensaron un poco, concentradas y discutiendo entre ellas.

—¡Ya lo tengo! —exclamó Lourdes—. Te presentaremos a Vane, de tercero. ¡Es de tu estilo!

Vane, que en realidad se llama Vanessa Carranza Hipólita, hace tercero de ESO y es el segundo año que viene al cole.

—Es ecuatoriana —me explicó Lourdes—. No acaba de integrarse en el ambiente de la escuela y siempre está sola. Tiene su refugio en la silla que hay delante de secretaría. Se pasa las horas del recreo allí sentada, porque nadie quiere jugar con ella. La llaman «Pajarica» porque se ve que nunca dice nada.

—No pía —corroboró Asun.

—Entonces no creo que sea lo que estoy buscando... —dije.

—¡Tienes que conocerla, mujer! Vete a saber si está esperando una amiga como tú.

Efectivamente, Vane estaba sentada en una de las sillas que hay delante de secretaría. Con la cabeza baja y los dedos de las manos entrelazados sobre la falda, la muchacha parecía esperar a que le tocara el turno en el matadero.

—¡Vane, guapa! ¡Queremos presentarte a una amiga!

La Pajarica levantó la cabeza, muy despacio, como si fuera una viejecita entrañable.

—Mira, esta es Martina —dijo Lourdes—. Va primero de ESO y está buscando amiguitas para jugar durante el recreo.

La muchacha me miró con ojos vidriosos, y en su carita de pájaro enfermo se dibujó una sonrisa débil y temerosa.

Cuando conseguí que las monjitas nos dejaran solas, durante los veinte minutos escasos de recreo que tuvimos para hablar, la Pajarica abrió la boca seis veces: cuatro para decir «sí», una para decir «no», y una para decir «un poquitito». Lo único que me llamó la atención de aquella momia en vida fue que llevaba las uñas largas y pintadas con esmalte de color rosa.

Al día siguiente, las monjitas me presentaron a la Croma. Iba a segundo de ESO y la llamaban Croma por

Cromañón. Era fea como una mujer primitiva de aquellas de las cavernas. La Croma era simpática y estuvimos hablando un buen rato. Me explicó que no tenía amigas porque ella lo había decidido así. La Croma era una chica fuerte, fogueada, que diría mi padre. Pensé que sería una buena compañera de club. Intenté convencer a los chicos del club de que la belleza interior de la persona no tiene nada que ver con la belleza exterior, que todo son prejuicios y que resultaba mezquino juzgar a alguien por su aspecto físico.

—¿Y a qué viene todo este rollo? —me preguntó Álex.

Cuando les expliqué que quería proponerle a la Croma que formara parte del club, el instinto sexista y machista se despertó de golpe en todos ellos en forma de risotada general.

—¡Panda de miserables! —los abronqué—. ¡Nunca pensé que fuerais así! ¡Reíros de una persona sólo porque es fea!

Esperé a la muchacha a la salida de la escuela y estuvimos paseando un buen rato. La Croma hablaba mucho. Mejor dicho: hablaba demasiado. Tuve la sensación de que había reservado toda la energía oratoria del día para expulsarla delante de mí aquella tarde. Al principio la entendía: toda su rabia la aprovechaba para criticar a la gente. A todo el mundo le encontraba defectos, especialmente a los más guapos, tanto chicos como chicas. Todo el mundo montaba complots contra ella. Los profes le tenían manía. La sociedad le tenía manía. Todo era negativo y no se fiaba de nada ni de nadie. Odiaba a las azafatas de vuelo. Era, precisamente, una de las especies a las que tenía más tirria. Cuando nos despedimos a la puerta de su casa, pensé que no era buena idea tenerla en el club: ella lucharía contra cualquier cosa que se meneara. Su lista de cosas negativas debía de ser infinita.

Aquella tarde ocurrió un incidente bastante desagradable. En clase de inglés, la profesora castigó a Luis Ferrer. Lo pilló tirando un papel en dirección a la cabeza de Enrique Anadón. Luis se enfadó.

—¡Él me lo ha tirado a mí! ¡Yo sólo respondía! ¡La culpa no es mía!

—¡Yo te he pescado a ti tirando el papel, chico! ¡Tu deber, a la hora de inglés, no es tirar un papel, aunque a ti te lo haya tirado otra persona!

Enrique Anadón es un cobarde, porque no abrió la boca para disculpar a su compañero. Realmente había sido él quien había molestado a Luis, y no era el primer papel que le tiraba durante aquella hora. Luis había perdido la paciencia y había tenido la mala suerte de que la profesora lo pillara.

—¡Eso es castigar a justos por pecadores! —dijo Tom, que no podía evitar levantar la voz a favor de la justicia.

—¡Y tú, a callar, si no quieres recibir! —lo regañó la profesora.

Luis, como castigo, tuvo que hacer seis ejercicios del libro para el día siguiente y, además, una redacción sobre sus obligaciones en clase de inglés. En cambio, a Enrique Anadón no le pasó nada.

A la salida, los del club hablamos de ello.

—¡Éste es el tipo de cosas contra el que actuaban los amigos de mi hermana! No es justo lo que ha pasado en clase, ¡y ha acabado pagando las consecuencias el que no era culpable!

Todos estábamos de acuerdo.

—Y, entonces, ¿qué? ¿Pensáis quedaros de brazos cruzados?

—Yo tengo que ir a inglés.

—Yo tengo refuerzo de mates.

—Yo voy a hockey —se excusó Pablo—, pero mañana podríamos discutirlo.

—¿Cuándo?

La tutora se quedó bastante sorprendida cuando le pedimos quedarnos en clase para acabar el trabajo sobre el Quijote, pero accedió después de confirmar que entre los solicitantes no había ninguna pieza conflictiva. Pablo, el de segundo, esquivó a un par de curiosos que le preguntaron adónde iba cuando se dirigía a la clase de primero.

Yo no sé como serían los compañeros de mi hermana Sonia, pero los míos eran incorregibles. Al cabo de cinco minutos sin ponernos de acuerdo sobre cuál era la estrategia que debíamos utilizar para corregir el error de la profesora y la fechoría de Enrique, la reunión se pareció a la que había tenido lugar en casa de los gemelos. No había manera de discutir sin pelearnos y, además, todas las respuestas eran tonterías. Íker apostaba por coger a la profesora y hacerle tragar una bola de papel. Álex sugería acorralar a Enrique, al que tenía una especial manía, y darle una paliza a la salida hasta reventarle la nariz. Aquello, además de ser una estupidez, era imposible: ninguno de ellos era capaz de enfrentarse a Enrique Anadón, y menos aún fuera de clase. Jerry proponía una auténtica lluvia de bolas de papel durante la próxima hora de inglés, y a ver si la profesora era capaz de adivinar quién era el culpable de aquella revolución. Tom dijo que ni hablar, que él ya se imaginaba la respuesta de la profesora: un montón de deberes para todos.

Pasaban los minutos y no avanzábamos. Yo estaba segura de que faltaba un toque de inteligencia, una propuesta brillante y bien pensada que dejara boquiabierto a todo el mundo Y esa propuesta tenía que sugerirla yo, que por algo era la «fundadora», entre comillas, del club. Bajo la presión de tener que discurrir una idea genial, la mente se me quedó en blanco.

Mientras todos discutían propuestas de actuación sin pies ni cabeza, Pablo se me acercó y volvió a preguntarme si quería salir con él.

—¿Todavía no te lo has pensado? —me preguntó.

—Ni lo he pensado ni pienso hacerlo. ¿Pero tú qué te has creído?

—No es tan complicado. Sólo tienes que decir sí o no.

—Pues no.

La solución al conflicto de Luis y Enrique con la de inglés se me ocurrió de repente, durante la clase de plástica, mientras pegaba recortes de revista para hacer un *collage*. ¡La redacción de Luis! ¡Allí estaba la clave!

Seguro que Luis escribiría una redacción estúpida y aburrida del estilo: «Me he portado mal. Durante la clase de inglés no debo tirar papeles a nadie. Pido disculpas a la profesora y prometo que no volveré a hacerlo.»

La redacción que debía escribir Luis tenía que ser bastante distinta. Yo misma hice un borrador:

«Señorita Dolores: Sé que no me he portado bien en clase, y entiendo su posición cuando ha decidido castigarme por una acción que no debía haber cometido. Pero toda acción tiene unos antecedentes, y permítame exponerlo para que usted se haga una idea de toda la realidad, y no sólo de la realidad parcial del momento en que usted me ha pillado. El imbécil de Enrique Anadón, y perdone que use ese adjetivo, pero no encuentro otro que identifique mejor al compañero al que me refiero, Enrique, pues, como le decía, me ha estado pinchando durante todo el rato. De hecho, me ha empezado a pinchar a la hora del recreo, cuando ha amenazado a Harry Porker, vaya, Adrián Castillo, usted ya sabe que lo llamamos Harry Porker porque se parece a Harry Potter pero en versión marrana y asquerosa, pues Enrique ha empezado a amenazar a Harry en el recreo porque no le dejaba el balón de fútbol. Y es que Enrique no quería *compartir* el balón de Harry, sino que *quería para él y sus amigos* el balón de Harry. Pretendía dejar a Harry sin balón para jugar a fútbol con sus amigos estúpidos, perdone la expresión, pero sigo sin encontrar adjetivos adecuados para esa panda de granujas. Yo he intentado poner paz y justicia. Pero Enrique no atiende a razones y me ha gritado, haciéndose el gallito y recomendándome que no me metiera donde no me llamaban si no quería que me partiera la cara. Enrique es un muchacho violento, ya lo saben usted y todo el claustro de profesores. A continuación, durante la clase de inglés, que usted imparte con tanta gracia, el muy imbécil (perdone una vez más el adjetivo) ha empezado a tirarme bolas de papel mientras usted escribía los tiempos verbales en la pizarra. Cuando ya me he hartado, porque mi cabeza ya había recibido el impacto de tres o cuatro bolas, me he rebotado, y entonces usted se ha girado y me ha pillado, que ya es mala suerte. Enrique se ha comportado como una piltrafa, con perdón, y un cobarde, porque no ha tenido el valor de decirle a usted que mi reacción ha sido hasta cierto punto lógica; que tengo paciencia, señorita Dolores, pero quizá no tanta, y cuando se me hinchan las narices se me despierta el instinto de supervivencia, y, perdone que le diga, sospecho que usted habría hecho lo mismo en mi situación, señorita Dolores, que las buenas personas no somos de piedra.»

Escribí un final cordial, pidiendo disculpas nuevamente, y punto final. En casa, aquella tarde, pasé el texto a limpio, procurando no hacer ninguna falta.

Antes de entrar en clase, les conté mi idea a los compañeros del club y les dejé leer mi redacción. Todos me felicitaron, excepto Jerry, que estaba seguro de que la señorita descubriría la trampa.

Teníamos que conseguir dos objetivos: primero, que Luis Ferrer firmara la redacción que yo había escrito y, segundo, que pudiéramos sustituir la redacción que llevaría Luis por la nuestra antes de que se la entregara a la profesora. Teníamos inglés después del recreo, a las once y media. Disponíamos, pues, de media mañana.

La cuestión de la firma fue bastante fácil: Álex, que se sienta al lado de Luis, hizo que le enseñara su firma para ver cómo era. En la hora siguiente le pasó la muestra a Tom, que imita bien la letra de todo el mundo. Después de diez o doce intentos lo consiguió, y antes de salir al recreo firmó mi redacción imitando la letra de Luis. Álex le había preguntado a su compañero si había hecho los ejercicios de castigo y la redacción, y él había dicho que sí, que lo llevaba todo en la mochila. Así pues, a la hora del descanso teníamos la misión de abrir la mochila de Luis, buscar su redacción y cambiarla por la mía. Nuestra esperanza era que Luis la hubiera escrito en una hoja blanca normal y corriente.

Álex y yo nos encargaríamos de la delicada operación de sustituir un papel por otro cuando la clase se quedara vacía. La primera complicación surgió cuando la profesora de ciencias se quedó en el aula corrigiendo deberes. De hecho, a las once en punto, dijo que podíamos salir al recreo, que dejáramos las sillas bien colocadas y que no hiciéramos más ruido del imprescindible. Álex y yo nos quedamos sentados, esperando que la mujer recogiera sus cosas y se fuera a la sala de profesores a tomarse un café. Pero no fue así.

—¿Se puede saber qué hacéis aquí sentados? ¡Al patio!

Álex y yo nos miramos, pero no nos movimos.

—¿Me habéis oído? ¡Es la hora del recreo! ¡No quiero a nadie en el aula!

Salí con la redacción en las manos y dispuesta a montar guardia en la puerta hasta que la profesora se fuera. Allí me esperaba, quieta como un pasmarote, la Pajarica.

—Te estaba esperando —me dijo con una sonrisa.

¡Dos palabras seguidas! ¡Un récord! Me dejó impresionada. Álex fue a reunirse con la pandilla bajo la canasta de baloncesto, y yo me quedé con aquella boba.

—¿Qué quieres? —le pregunté.

—Te estaba esperando —repitió.

Entonces yo me encogí de hombros.

—Para platicar con vos —añadió la Pajarica—. Somos amigas, ¿no?

No supe qué contestar. Enseguida me alargó una hoja. Llevaba las uñas pintadas de rojo. Esta muchacha debía de pasarse horas haciéndose la manicura.

—¿Qué es eso?

—Te he escrito un poema. Un poema de amistad.

Cogí la hoja que me daba. Con una caligrafía de niña de siete años, la Pajarica se había entretenido en escribir una especie de poema cursi sobre la amistad. Decía más o menos así:

«No tengo a nadie en la escuela
que me quiera como tú.
Eres tú mi vela
y quien prende su luz.
Ayer fue un día de gloria
porque hablaste sólo para mí,
sueño que pasen las horas
porque me cuesta vivir sin ti.
Qué importantes son los amigos
que alegran mi corazón.
Y tú eres la más simpática de todas
y sin ti mi mundo no tiene razón.»

Si me pinchan no me sale sangre. Mientras leía, de vez en cuando levantaba los ojos para mirar a la Pajarica, que parpadeaba y sonreía como una bobalicona. El poema era larguísimo y tenía miedo de llegar al final, porque no sabía qué tenía que decirle a aquella chica. Sólo habíamos hablado veinte minutos, de los que yo había hablado durante diecinueve y medio. ¡Y me escribía un poema de cincuenta o sesenta versos como si yo fuera su amiga del alma!

En aquel momento, cuando todavía no había llegado al final del poema, la profesora de naturales salió de la clase en dirección a la sala de profesores.

—Qué bonito, Vane —le dije—. Espérame en secretaría, que tengo que hacer una cosa urgente.

Y la dejé allí plantada pera colarme en la clase. Rebusqué la mochila de Luis, todos los libros y las libretas. Dentro de la de inglés encontré tres hojas blancas cogidas con un clip metálico: dos hojas de ejercicios y la redacción. Quité el clip para coger su redacción y puse la mía. Enseguida lo dejé todo como estaba y salí de la clase.

Fui a reunirme con los chicos bajo la canasta y los informé de que todo había ido bien y que seguramente Luis no quitaría el clip antes de darle las hojas a la profesora de inglés.

Todos los del club estuvimos nerviosos durante la clase, porque la profesora parecía haberse olvidado del castigo de Luis. A las 12.14 interrumpió la explicación para recordarle a nuestro compañero de clase que le debía algo.

Luis se levantó, cogió de dentro de la libreta las hojas con el clip y fue hacia la mesa de la profesora.

—Aquí lo tiene.

—Muy bien, Luis.

La señorita Dolores guardo las hojas dentro de su carpeta.

A las doce y media, cuando salíamos del cole, se me acercó la Pajarica.

—Te estuve esperando, Martina, pero no viniste.

Me disculpé diciéndole que había tenido que hacer un favor a una profesora.

—¿Te gustó el poema?

—Muy lindo. Muy emocionante, Vane —le aseguré mientras sacaba el maldito poema cursi, arrugado a más no poder, del bolsillo de los vaqueros y hacía como que volvía a leerlo delante de ella.

«Señorita Dolores: Sé que no me he comportado bien en clase, y entiendo su posición cuando ha decidido castigarme por una acción que no debía haber cometido. Pero toda acción tiene unos antecedentes...

Me quedé alucinada. ¡Aquella era la redacción que yo había escrito! Pero entonces...

¿Qué había hecho con el poema de la Pajarica?

Al día siguiente, a la hora de inglés, la profesora Dolores no paraba de mirar a Luis. Claro que sólo debía de notarlo yo. Lo miraba un poco asustada, y Luis, para ganar puntos y no buscarse problemas, le devolvía una mirada franca y limpia, acompañada de una sonrisa bobalicona. Cuando quedaban cinco minutos para el final de la clase, entró la tutora. Ella y la profesora estuvieron murmurando un momento, mirando a Luis. Finalmente, la tutora le dijo a Luis que no saliera al recreo, que ella y la profesora querían hablar con él.

—¿Es sobre mi redacción? —preguntó él.

—Sí. Exactamente —dijo la tutora—. Sobre la redacción, eso mismo.

Creí conveniente no contarles nada a mis compañeros de pandilla sobre el incidente de la redacción de Luis. La profesora de inglés debió de alucinar cuando leyó el poema de la Pajarica pensando que Luis lo había escrito para ella. Cometí un error, pero un descuido en momentos de nervios lo puede tener cualquiera...

No conocí el resultado de la conversación privada entre Luis, la tutora y la profesora Dolores. A partir de aquel día, la de inglés no hizo salir más a Luis a la pizarra ni le pidió nunca los deberes. Yo diría que ni siquiera lo miraba durante los sesenta minutos de clase. Los del club, durante los recreos, se mostraban extrañados con la actitud de la profesora, que ni siquiera hizo un comentario sobre aquella redacción tan desgarradora y crítica contra Enrique y sus discípulos. Yo me esforzaba en cambiar enseguida de tema.

—¡Pues no sabremos nunca el resultado de nuestra acción! —se lamentaba Tom—. ¡No ha tenido consecuencias!

Durante aquellos recreos, mi preocupación fundamental no era el resultado de mi despiste, sino la presencia agobiante de la Pajarica, que me seguía a todas horas como una sombra. Los del club no la querían bajo la canasta, y, por eso ella se mantenía a unos tres metros de distancia, inmóvil como una farola, con las manos a la espalda y mirándome con ojos de cordero degollado. Yo ya le dije que le agradecía el poema y el interés, pero que mis amigos eran los de mi clase, y que ellos no querían ninguna otra chica en la pandilla.

—¡Air Force One! Ya le estás diciendo a tu Pajarica que se vaya de aquí, que me está poniendo nervioso —se quejaba Álex cuando la veía plantada a tres metros de donde estábamos nosotros.

No me gusta que me llamen Air Force One, y Álex lo sabe mejor que nadie, pero cuando está enfadado me llama así siempre, y yo me enfado.

La Pajarica daba un poco de miedo, porque no nos quitaba la vista de encima. Nos miraba fijamente y con cara de pena, y al final yo tenía que ir hacia ella y llevármela con alguna excusa a secretaría, donde tenía su silla habitual. Pero la niña ya no quería sentarse allí: quería estar conmigo y ser mi amiga.

—No puede ser, Vane. Yo tengo mis amigos y tú tienes que buscar los tuyos —le decía.

—¡Tú eres mi amiga, Martina! ¡Yo quiero jugar contigo!

Pensé que tendrían que darme un premio por haber conseguido que, por lo menos delante de mí, la Pajarica hablara más de lo que lo había hecho desde que llegó al cole.

—No, Vane. ¡No soy tu amiga! ¡No exageres!

—¡Te escribí un poema de amistad!

A continuación se ponía a llorar y se sentaba, desesperada, en su silla de siempre. A mí me da un poco de pena, la verdad, pero yo no podía perder a mis amigos por culpa de aquella boba.

Solían aparecer en aquel momento las monjitas de segundo, que se ponían a insultarme y a reprocharme que hubiera ofendido a la Pajarica y que la hubiera hecho llorar.

—¡No eres justa, Martina! —me reñía Lourdes mientras acariciaba el pelo ensortijado de la Pajarica ¡Nosotras te la presentamos para que fueras su amiga! ¡No has cumplido el trato!

—¿Qué trato? ¡No hicimos ningún trato!

—¡Pobre Vane! ¡Qué mala es Martina!, ¿verdad? ¡No merece ser tu amiga! —decía Asun consolando a la niña.

—No, no es mala... —aseguraba la Pajarica con los ojos llenos de lágrimas—. Martina es buena; es mi amiga... pero sus amigos son tontos...

Al cabo de una semana, los de la pandilla optaron por pasar de la niña pasmarote. ¿Que quería estarse allí toda la hora del recreo? ¡Pues que estuviera! Era su problema.

Y allí estaba la Pajarica todos los días, treinta minutos clavada como un clavo a pocos metros de la canasta. Al final ni me daba pena ni nada.

Enrique Anadón continuaba molestándonos. Se acercaba a menudo para preguntar cómo iba el club y si ya habíamos llegado a los cien socios. Él nos llamaba «El club de la canasta» y decía que yo era la presidenta. De hecho, decía «Air Force One, la presidenta del club de la canasta», y se reía como un memo, y sus amigos también se reían. Álex se ponía muy nervioso y nos aseguraba que algún día le partiría la cara. Una y otra vez proponía una acción contra Enrique y sus comentarios.

—¡Tenemos que actuar! ¿No tenemos el club para realizar acciones contra las cosas desagradables? Entonces, ¿se puede saber a qué esperamos?

Los demás compañeros no lo veían del todo claro. Estoy segura de que les daba miedo enfrentarse con Enrique y su pandilla.

—Pero, ¿qué podemos hacer? —preguntaba Jerry.

—¡No sé qué podemos hacer! ¡Pero algo tenemos que hacer! —insistía Álex.

Cuando descubrió la inquietante presencia de la Pajarica a pocos metros de la canasta, Enrique nos preguntó si era una nueva socia y si asistía a las reuniones a distancia.

—¿Cómo os comunicáis con ella? ¿Con walkie-talkie?

Un miércoles, a la hora de salir, encontramos a Harry Porker llorando en el banco del patio. Hacía días que estaba raro. No aparecía por la canasta ni nos esperaba antes de clase o después de ella. Tom y Jerry opinaban que estaba de mala leche porque se había enfadado con sus padres.

—Hace dos días, andando juntos hacia casa, nos contó que su madre estaba enfadada con él porque lo acusaba de haberle robado veinte euros. Harry dice que no es verdad, que él no robó nada, pero se ve que su madre no lo cree y ha decidido no darle la paga semanal hasta que no aparezcan los malditos veinte euros.

—¡Qué raro! —comentó Pablo, el de segundo.

—¿Qué es raro? —le preguntó Jerry.

—Anteayer Harry me preguntó si podía dejarle cinco euros. Que tenía que comprar no sé qué para plástica.

—¿Y tú se los dejaste?

—No, ¡ni hablar! Le dije que se los pidiera a su madre.

—¡Qué triste! —se lamentó Tom—. ¡Pobre Harry! Sin paga semanal, no le queda más remedio que pedir dinero a los amigos.

—Pero es que resulta que al día siguiente le pidió diez euros a Andrés, el de mi clase —nos contó Pablo y Andrés le dijo que no.

Aquel miércoles, Álex, Tom, Jerry, Íker y yo nos acercamos al banco para preguntarle a Harry por qué lloraba.

—¡No me pasa nada! ¡Marchaos!

—¿Pues por qué lloras si no te pasa nada?

—¡No es vuestro problema!

—¡Eres un miembro del club, Harry! ¡Tus problemas son nuestros problemas! —dijo Tom, que siempre hace declaraciones en favor de la justicia y la solidaridad.

—¿Es un problema de dinero, Harry? —le preguntó Álex.

Harry no contestó. Se levantó de golpe y se fue corriendo hacia la calle.

—A este chaval le pasa algo gordo —dijo Íker.

Cuando salimos, Pablo, el de segundo, nos esperaba fuera. Pablo, el de segundo, siempre nos espera fuera. Bueno, de hecho, Pablo, el de segundo, siempre me espera a mí fuera. Somos vecinos y hacemos el mismo camino. Bueno, de hecho, hacemos el mismo camino, pero él me espera todos los días para insistir con su idea estúpida de salir juntos.

—Hola. ¿Te lo has pensado ya? —me pregunta todos los días cuando nos quedamos solos.

—No. Ni pienso pensármelo ni un segundo. Eres un pesado, chaval.

Pablo no se inmuta cuando le respondo, y durante el trayecto no para de preguntarme cosas sobre mi familia y sobre todo lo que me pasa en las clases. Dice que quiere saberlo todo sobre mí para cuando llegue el día en que me decida.

—¿Qué me decida a qué?

—A salir juntos.

—¡Ese día no llegará nunca! !Quítatelo de la cabeza!

Aquel miércoles, mientras cruzábamos la plaza del Pans and Company, vimos a Harry. Ya no lloraba, y estaba solo. Vimos que hablaba con un hombre mayor, y pensamos que podía ser su padre. Mientras nos acercábamos poco a poco, Harry dejó de hablar con aquel hombre, paró a una mujer que pasaba y le preguntó vete a saber qué. La mujer hizo que no con la cabeza y siguió andando. Harry todavía no nos había visto. Ya estábamos a punto de llegar a su lado cuando paró a otra señora. Pablo y yo estábamos tan cerca que oímos lo que le preguntaba.

—¿Podría darme un euro, señora? Tengo que coger el autobús y me he dejado la tarjeta multiviajes en la escuela.

La señora lo miró un poco asustada y enseguida se fue. Pablo y yo nos quedamos boquiabiertos.

—¡Harry! ¿Qué estás haciendo? ¿Pides dinero? —le pregunté.

Quería morirse de vergüenza. Murmuró una excusa cualquiera y se fue corriendo, sin decirnos ni adiós.

Harry tenía un problema económico importante. Lo bastante importante como para tener que pedir dinero por la calle un mendigo. Pablo decía que más le valía sentarse en el suelo y poner la mano, que de tan sucio como iba no le extrañaría nada que lo confundieran con un rumano. A mí me pareció muy triste la situación de nuestro compañero de pandilla. La verdad es que no conocía a nadie que realmente fuera pobre. Quiero decir que no conocía a nadie personalmente. Y aún menos un amigo de la escuela que sólo tenía doce años. ¡Un mendigo! Realmente su madre había sido injusta culpándolo de robar veinte euros y obligándolo a pedir por la calle como un indigente.

Al día siguiente, a la hora del recreo, se lo contamos a los del club. Aquello si que era un caso urgente que necesitaba una acción fulminante: uno de sus miembros se encontraba en una situación delicada, y teníamos que ayudarlo. Pero, ¿cómo?

Íker propuso hacer una colecta para recoger dinero para Harry. Tom opinaba que eso no era ninguna solución, al menos no una solución definitiva, y que, hasta que su madre no reconociera que su hijo no había robado los veinte euros, el problema económico de Harry no se solucionaría.

—Pero, ¿cómo podemos demostrar que Harry no ha robado el dinero?

—¿Y si realmente lo hubiera robado? —preguntó Pablo.

—¡Qué dices! ¿Cómo iba a robarle veinte euros a su madre? —preguntó Tom.

—¿Y por qué no? ¿Quién dice que no ha cogido él los veinte euros?

—¿Y porqué tendría que hacerlo?

—¡Ahí está la cuestión! —dijo Pablo—. Harry está raro. No se reúne con nosotros. Me decís que en clase no habla con nadie y que no escucha a los profesores ni hace los deberes...

—Eso no es muy raro... —lo interrumpió Álex.

—Quiero decir que escucha menos que antes —continuó Pablo—. Me pide dinero a mí, le pide dinero a Andrés. Martina y yo lo hemos visto pidiendo dinero a la gente que pasa por la calle... ¿No os parece un poco sospechoso?

—Quizá su familia se ha quedado sin dinero... Igual su padre ha perdido el trabajo... —sugirió Jerry.

—Que vaya hecho un piojoso no significa que su familia esté en la miseria —dije yo.

—No lo digo por la ropa y el olor, sino por tener que pedir dinero a todo el mundo —dijo Jerry—. Quizá el negocio familiar se ha hundido y los echan del piso y...

—No puede ser. Mi madre conoce a la suya, y no ha pasado nada de eso —aseguró Íker.

—Entonces —siguió Pablo—, quizá Harry tiene un problema que no es el que pensamos.

Nos propusimos averiguarlo con urgencia antes de que descubriéramos a Harry revolviendo las bolsas de los contenedores de la basura.

De alguna manera, la primera pista sobre lo que le pasaba a Harry la obtuve yo aquel día por la tarde, mientras iba sola hacia mi casa. Los jueves Pablo va a hockey, y hago el camino sola.

—¡Eh, tú, Air Force One! ¿Has visto a Harry Porker?

Aquella voz era la de Enrique Anadón. Estábamos cerca de la plaza donde el día anterior habíamos encontrado a Harry pidiendo dinero a la gente. Me paré y le dije que no. Lo que más me sorprendió fue que Enrique Anadón me preguntara por Harry. Quiero decir que son dos tipos de chicos completamente diferentes, y era muy curioso que Enrique buscara a Harry, y más aún fuera del cole. Le hice una llamada perdida a Pablo cuando supuse que ya había salido del entrenamiento. Él llamó enseguida.

—¿Ya te has decidido? —me preguntó antes de decir hola.

—¿Si he decidido qué?

—Eso de salir conmigo...

Este chaval estaba como una cabra. Le conté que me había encontrado con Enrique y que me había preguntado por Harry. A Pablo también le pareció raro.

Media hora más tarde, Pablo me volvió a llamar. Resulta que después de hablar conmigo, cuando iba hacia su casa, pasó por delante del edificio donde vive Harry, que también es vecino del barrio. ¿Y quiénes estaban en la puerta? Harry y Enrique. Pablo pasaba por la acera de enfrente, y, por eso no lo vieron.

—¿Crees que se han hecho amigos?

—Imposible. Harry y Enrique no tienen nada en común. No pueden ser amigos de ninguna de las maneras.

—¿Y entonces?

Hablamos al día siguiente bajo la canasta. Los del club admitieron que era raro que Harry y Enrique se encontraran fuera del cole. Y más aún que Harry no nos hubiera dicho nada de esos encuentros. Atando cabos, Pablo se preguntó si el asunto del dinero de Harry no estaría relacionado con Enrique Anadón. Pero, ¿de qué manera?, nos preguntamos; y no encontramos ninguna respuesta lógica.

Al día siguiente, sábado, fui a la casa de veraneo que tenemos en la comarca de la Garrotxa y me olvidé del tema. Pero el domingo, cuando volvimos a Barcelona, me llamó Pablo: había vuelto a ver a Harry y Enrique juntos. Esta vez fue en un parque que está cerca del cole, y no sólo estaban ellos, sino también los amigos de Enrique. Pablo pasó de largo, sin saludarlos. Harry no levantó la cabeza, seguramente avergonzado de que lo hubieran pillado con una compañía tan sospechosa.

—No me cuadra que Harry se haya hecho de la pandilla de Enrique. ¡No me lo trago de ninguna de las maneras! —le confesé a Pablo.

El lunes fue un día muy intenso. A primera hora, durante la clase de tecnología, Íker tuvo que salir dos veces de la clase para ir a refrescarse la cara: resulta que había una muerta sentada en la mesa de Virginia Clotet, que no había venido al cole porque tenía anginas. La muerta no era Virginia, sino una señora de unos cincuenta años con un camisón lleno de sangre. Según nuestro amigo visionario, le habían disparado seis o siete tiros a bocajarro, la mayoría en el pecho, pero uno debía de haberse desviado hacia la cara, porque la señora tenía una oreja medio rajada y todo el pelo con grumos de sangre seca. Debía de resultar realmente impresionante de ver.

El pobre Íker no podía apartar la vista de aquella mesa vacía. Vacía para nosotros, claro, porque para él estaba ocupada por una zombi sanguinolenta. La segunda vez que Íker pidió permiso para ir al lavabo, el profesor le advirtió que ya empezaba a estar hasta las narices de tantos mareos y tantas bajadas de tensión. Que sus padres tenían que llevarlo al médico especialista, o al psiquiatra, y que no era normal que un niño de doce años se mareara con tanta frecuencia y por motivos tan misteriosos. El profe lo dijo porque sabía que Íker veía muertos como el niño de la peli. Todo el mundo lo sabía, pero nadie se lo creía, eso también es verdad. Pero el caso es que la cara de Íker cambia mucho cuando tiene una de esas visiones fantasmagóricas: se pone pálido, blanco como la cera, y se le dilatan las pupilas, y la frente le queda mojada por una especie de sudor, y las manos agarrotadas, sin circulación sanguínea. Yo no sé si ve muertos o se lo inventa, pero algo ve, pobre Íker, porque si no, no le pasarían todas esas cosas que le pasan.

A segunda hora, en clase de lengua, Íker no quiso entrar en el aula porque la muerta todavía estaba allí sentada, tan tranquila, sin ninguna intención de marcharse. Tuvo que venir la tutora para advertirle que, si no entraba en clase, llamaría a su padre, y eso sería peor. Íker sabe que su padre tiene un remedio infalible contra las visiones: un buen pescozón y, a continuación, fuera paga semanal, fuera horas en el *messenger* y un fin de semana intensivo en casa de la tía Concepción, en La Garriga, que yo no sé cómo es esa tía Concepción, pero a Íker le da más miedo que los muertos ensangrentados que se le aparecen de vez en cuando.

Durante la clase de lengua, Íker estuvo con la cabeza sobre la mesa, protegiéndose con los brazos como si estuviera echando la siesta, para no ver a la muerta. A la hora del recreo, como por obra y gracia del Espíritu Santo, la muerta desapareció, e Íker, más contento que unas pascuas, pudo comerse su bocadillo de mortadela bajo la canasta.

Después del recreo, a la hora de mates, también hubo problemas. La Tarta, que se sienta a mi lado y es muy buena niña, debía de tener problemas de estómago, porque mientras el profesor resolvía un problema en la pizarra, se le escapó un pedo ruidoso. Los compañeros empezaron a reírse, y el profesor, de cara a la pizarra y sin ni siquiera girarse, gritó:

—¡Adrián Castillo! ¡Espérame al acabar la clase!

Y Adrián, al que nosotros llamamos Harry Porker, se quejó. Que no había sido él, que él no se había tirado ningún pedo y que era injusto culparlo de una cosa que no había hecho. Todo el mundo se reía, claro. Harry es un marrano, y no era tan raro que el profesor pensara que había sido él el causante del follón. Todo el mundo se reía menos la Tarta. Tenía la vista clavada en la libreta de mates sobre la mesa y estaba roja como un tomate. Seguramente yo era la única que sabía que el pedo se lo había tirado ella, pero no soy una delatora y no dije nada a nadie.

La cosa acabó con una discusión bastante fuerte entre el profe, Harry y Tom, que siempre se queja contra las injusticias e intentaba hacer entender al profesor que no había manera de demostrar si había sido Harry u otra persona quien se había tirado el pedo.

—Admito que la probabilidad de que haya sido él es alta —aseguraba Tom, como si fuera un político—, pero también hay que considerar la presunción de inocencia, y si él dice que no ha sido, de entrada debemos creerlo.

—¿Quieres hacer el favor de callarte, Calvó? ¿No te he dicho nunca que eres capaz de sacar a cualquiera de sus casillas?

—¡Yo no me he tirado ningún pedo! —insistía Harry.

A la hora siguiente había diseño por ordenador, crédito variable. Como el profe estaba enfermo, había venido Rosario, la de naturales, a sustituirlo. Nos advirtió, nada más entrar en el aula, que ella era de una generación antigua y que no tenía ni idea de utilizar aquellas máquinas, y que hiciéramos el trabajo que tuviéramos que hacer, pero sin buscar complicaciones, porque ella no podría solucionarnos nada. Cuando faltaban veinte minutos para el final de la clase, Tito Casona, uno de la pandilla de Enrique Anadón que no había estado haciendo la tarea, sino que se había conectado a Internet y chateaba en el *messenger*, intentó conectar su MP3 a los altavoces del ordenador para poner música. Debía de haber algún problema con los altavoces, porque de repente aquello se disparó a todo volumen y una música ensordecedora nos perforó los tímpanos. Tito se puso nervioso e intentó pararla enseguida, con tan mala suerte que le dio un golpe al teclado, que, a su vez, dio un golpe al MP3 y lo hizo caer al estrecho espacio de separación que hay entre las mesas, y el cable se quedo trabado de tal manera que no se podía desconectarlo. Resultado: el MP3 entre aquellas dos mesas y el cable encallado como si lo hubieran fijado con un clavo. Y la música de discoteca a todo trapo. La profesora Rosario, con las manos tapándose los oídos, se acercó gritando como una loca que hiciéramos el favor de parar aquel ruido, y Tito intentando recuperar el MP3, y Luis Ferrer y Jorge Soler intentando desconectar el cable sin éxito.

Aquello parecía una discoteca de música máquina, y Rosario, que estaba tan nerviosa que no paraba de dar golpes de libreta en las espaldas de los compañeros que intentaban solucionarlo, gritaba sin ningún resultado, porque nadie la oía; y enseguida entró la profesora de la clase de al lado a ver qué pasaba, y la veíamos mover los labios pero no la oíamos, y después se tapó los oídos con las manos y cerró la puerta. Cuando Rosario salió a buscar a alguien, Enrique Anadón y unos cuantos más aprovecharon para ponerse a bailar, y Mireia para tirarse otro pedo, pero nadie la oyó con aquel ruido infernal.

Cuando entraron el director de la escuela y el profe de informática de bachillerato, aquello era un caos. Todo el mundo gritaba, pero nadie oía nada. Rosario, a empujones, nos obligó a salir del aula y a formar una fila improvisada en medio del patio, mientras repetía que aquel mundo de las máquinas no estaba hecho para ella, y que mejor andaría el mundo sin ordenadores ni mandangas, y que al primero que se pusiera a bailar le abriría un expediente disciplinario.

Por la tarde, Harry no vino a la escuela, Y al día siguiente por la mañana, tampoco. A la hora del recreo decidimos que después de las clases de la tarde lo llamaríamos y que incluso iríamos a ver si, tal como decía la tutora, estaba enfermo con fiebre.

Así lo hicimos. Por teléfono, Harry admitió que estaba enfermo, pero que no hacía falta que fuéramos, que se encontraba mejor. Tom, que fue quien habló con él, le notó la voz rara.

—Algo le pasa, estoy seguro.

—Entonces vamos a su casa y hablamos con él.

A todos nos daba un poco de pereza ir a casa de Harry, porque nos imaginábamos que debía de vivir en un nido de mierda. Pero no era así. Nos abrió la puerta su madre. Era una mujer joven, muy arreglada, que iba limpia y perfumada. Nos hizo entrar enseguida y se puso contenta porque los compañeros se preocuparan de su hijo.

—¿Está en la cama Harr..., quiero decir Adrián? —preguntó Tom.

La madre nos invitó a sentarnos en el sofá y en las sillas del comedor. La mujer estaba preocupada por su hijo, y nos lo contó antes de comunicarle a él que estábamos allí.

—No sé qué le pasa. No está enfermo, pero hace como si lo estuviera. No tiene ganas de ir a la escuela, y eso nunca le había pasado antes. Adrián siempre se lo ha pasado bien en el cole, pero últimamente va con miedo.

—Nosotros también lo hemos notado raro los últimos días.

—Sé que tiene unos amigos nuevos. Me habla de Enrique y de Tito, y no sé quien más. Ya no comenta nada de Arforuán, que debe de ser un compañero de clase extranjero, porque ese nombre no lo había oído en mi vida...

Quería morirme de vergüenza, porque Arforuán debía de ser yo, Air Force One. Me supo mal que Harry me llamara así, pero, de hecho, yo lo llamaba Harry Porker, y seguro que tampoco le gustaba. Los otros debieron de identificar aquello que dijo la madre de Harry con mi apodo, porque se limitaron a mirarme sin abrir la boca.

—... Y Tom y Jerry, y Álex —continuó la mujer—. Pero últimamente habla de Enrique, y yo pensaba que eran muy amigos, porque ese Enrique incluso viene a verlo a menudo, y se encuentran abajo, en la entrada, y están de cháchara.

—A nosotros nos extraña que Adrián se haya hecho amigo de Enrique. Son dos tipos que no encajan —dijo Tom.

—A mí también hay cosas que no me cuadran, chico. Adrián está nervioso y contesta mal. No hace los deberes, no ayuda en casa. Incluso le da pereza ducharse y cambiarse de ropa.

Eso a nosotros no nos extrañó nada de nada.

—Hoy me ha llamado vuestra tutora —continuó la mujer—, y seguro que quiere hablar de lo que le pasa a mi niño.

—¿Podemos verlo? —preguntó Álex.

—Claro. Está en su habitación. Yo os acompaño.

La madre de Harry nos precedió por el pasillo y llamó a la puerta de la habitación de su hijo.

—¡Adrián! ¡Hay unos amiguitos de la escuela que han venido a verte!

—¡Que se vayan! —gritó Harry—. No quiero ver a nadie.

—Quizá piense que es Enrique —sugirió Tom.

—¡Adrián! ¡Haz el favor de abrir la puerta! —gritó la mujer.

—Somos Tom, y Álex, y Martina, y...

—¡Idos a la mierda! —gritó Harry.

Entonces su madre, hecha una furia, abrió la puerta.

—¿Quieres hacer el jodido favor de no ser grosero, me cago en la puñeta?

Harry estaba tumbado en la cama, con un cómic en las manos. La habitación estaba desordenada y parecía una pocilga.

—Perdonad el desorden —nos dijo su madre—, pero este hijo mío, en cuestión de limpieza...

—No, si ya lo sabemos... —dijo Jerry.

—¿Qué queréis? ¿Quién os ha invitado? —preguntó Harry sin levantar los ojos de las páginas del cómic.

—¡Adrián! ¿Quién te ha enseñado educación? ¡Suerte que tienes amigos que se preocupan por ti! ¡A la próxima insolencia te clavo una bofetada! Y vosotros podéis quedaros todo el rato que queráis —nos dijo la mujer—. Como si estuvierais en vuestra casa.

Salió de la habitación dando un portazo. Harry no quería ni mirarnos, y yo ya me estaba arrepintiendo de haber ido a visitarlo. Aquel chico era un insolente y un desagradecido.

—Estás raro, Harry —dijo Tom—. A ti te pasa algo, y no quieres decírnoslo.

—¡A mí no me pasa nada! ¡No te metas donde no te llaman, cotilla!

No había sitio para sentarse. Las dos sillas estaban llenas de ropa sucia, mochilas, juegos, cds... El suelo era un tenderete de libros, cómics, dvds, zapatos apestosos, calcetines infectados... ¡Tenía bien merecido el apodo aquel puerco! Y no quería hablar con nosotros de ninguna manera. Tom, de talante negociador, le insistía en que era bueno que les contara los problemas a los amigos, y que si habíamos ido a verlo era porque nos preocupábamos por él y queríamos ayudarlo. Pero el enfermo imaginario no atendía a razones. ¡Estaba para darle una bofetada! Íker dijo que quería irse, y Pablo, también, que allí lo único que hacíamos era molestar. Cuando estábamos a punto de hacerlo, la madre de Harry entró en la habitación.

—Hijo, Enrique está en el portal. Que si puedes bajar, que tiene que decirte algo importante.

Todos apreciamos el cambio que se produjo en la actitud de Harry cuando oyó el nombre "Enrique". Dejó el cómic y se puso a temblar como si de verdad estuviera enfermo y sufriera un ataque de fiebre.

—¿Qué le digo? —insistió su madre.

—Dígale que ahora se pone, señora —dijo Álex.

La mujer salió de la habitación.

—¡Tengo una idea!

Harry escuchó el plan de Álex sin abrir la boca, de tan asustado como estaba. Todos menos él salimos de la habitación y fuimos hasta el auricular del portero automático. Tom descolgó y simuló una voz muy ronca, como si estuviera afónico.

—¿Enrique? ¿Me oyes?

Todos acercamos la oreja al aparato para escuchar la conversación.

—¿Bajas o qué?

—No puedo —dijo Tom—. Estoy enfermo, con la viruela y muy constipado. No puedo bajar. La viruela es muy contagiosa. Tengo el cuerpo lleno de granos.

—Entonces, ¿qué?

—Escribe en una hoja lo que tenías que decirme y pásalo por debajo de la puerta. Yo bajaré y lo recogeré.

Enrique se tragó la bola. Álex bajó en el ascensor y en el vestíbulo del edifico comprobó que el papel estaba en el suelo y que no había rastro de los de la pandilla de Enrique. Recogió el papel y subió enseguida.

Nos sentamos todos en la cama de Harry mientras Álex leía el mensaje de Enrique.

«Me prometiste 20 euros más, imbécil. Como mañana no los tengas y me los traigas, vendré con quien tú sabes y te daremos de lo lindo.»

¡Los de la pandilla de Enrique estaban acosando a Harry! ¡Y teníamos la prueba!

¡Aquello si que era un caso especial y delicado! ¡Un caso de acoso! ¡Con razón el pobre Harry estaba tan preocupado! Se puso a llorar y nos contó toda la historia desde el día que Enrique y los otros lo siguieron hasta su casa y allí mismo, acorralándolo, le dijeron que a partir de aquel momento estaba amenazado y que si no hacía todo lo que ellos querían, le harían la vida imposible. ¡Canallas!

—¡O sea que por eso cogiste el dinero de tu madre! ¡Y por eso pedías dinero a la gente! ¡Y ahora tienes miedo de ir a la escuela!

Harry lloraba de manera desconsolada y hacía que sí con la cabeza.

—¡Estos idiotas necesitan un escarmiento! ¡Suerte que formas parte del club, Harry! —dijo Pablo.

El viernes por la tarde fue el día elegido para llevar a cabo la acción. ¡Tres días tardamos en encontrar una solución al conflicto! Y en esos tres días el pobre Harry se las tuvo con sus padres, que, tanto si quieres como si no, pretendían que su hijo volviera a la escuela y se dejara de cuentos. Pero nosotros le dijimos que no, que tenía que ser valiente y enfrentarse a sus padres y a quien fuera, pero que no podía volver a la escuela hasta el lunes.

—¡Mi madre se pondrá de los nervios! —lloriqueaba.

Finalmente nos vimos obligados a hacerle tragar seis cucharadas de un laxante fortísimo para que, por lo menos, tuviera diarrea y pudiera alegar una gastroenteritis o alguna enfermedad similar del estómago.

Aquel viernes, al salir de clase, fuimos todos a casa de Harry y nos pusimos la ropa negra que habíamos conseguido: jerséis, pantalones, camisas... todo negro.

Cuando estuvimos preparados, nos encaminamos hacia el parque donde se reunían los de la pandilla de Enrique Anadón. Eran seis o siete. Algunos saltaban con el *skate*, otros fumaban y hacían el tonto.

Nosotros, con una expresión seria y compungida, pasamos por delante de ellos andando despacio y cabizbajos.

—¡Mirad quién está aquí! —exclamó Tito cuando nos vio—. ¡El club de la canasta!

—¿Dónde vais tan oscuros? ¿Se os ha muerto alguien? —preguntó Enrique.

Tom se adelantó unos pasos y se acercó.

—Pues casi —dijo serio como un juez—. Harry Porker está a punto de morir.

Los amigos de Enrique se quedaron mudos.

—Vamos a visitar a la familia y a darle el último adiós al pobre Harry —dijo Tom.

—¿Estás de broma?

—No es ninguna broma. Harry ha sufrido un ataque de corazón y ya casi no está entre nosotros. Qué poca cosa somos...

—¿Pero qué dices, Calvó? —dijo Enrique sin saber qué cara poner.

—Se ve que el pobre tenía un problema gordo, y que ese problema está a punto de llevarlo a la tumba. No somos nada.

Tom interpretaba muy bien su papel mientras los demás nos limitábamos a escucharlo con la cabeza gacha. Íker, en cierto momento, fingió que se mareaba.

—¡Acabo de ver a Harry! —gritó—. ¡Harry se me ha aparecido como un alma en pena!

Pablo se puso a llorar, y lo hacía tan bien, con lágrimas de verdad, que hasta a mí me dieron ganas de imitarlo.

—¿Y cuando se morirá? —preguntó Tito.

—¡No se morirá nadie! —lo abroncó Enrique—. ¡Estos idiotas están haciendo el tonto!

—Esta tarde, seguramente —dijo Tom—. Sus padres han preferido que sus compañeros de clase no lo supiéramos —dijo Tom—. Hace unos días saltaba y botaba, y hoy, ya veis...

—¿Y se puede saber qué problema tiene? —preguntó Óscar con la voz temblorosa.

—No ha querido decírselo a nadie. Bueno, lo ha dejado escrito en una carta. Y esa carta ya está en manos de la policía.

—¿La policía?

—Sí, claro. La policía lleva el caso. No es normal que se muera un niño de doce años. Tendrán que investigar y hacerle la autopsia. La carta aclarará qué problema tenía. La policía, por lo que nos ha dicho su madre, sospecha que alguien lo amenazaba. La presión lo llevará a estar bajo tierra, pobre Harry...

—Pero... pero... ¿qué estás diciendo? —preguntó Enrique, hecho un manojo de nervios—. ¿Qué tiene que ver la policía con todo eso?

—Abrirán una investigación. Leerán la carta del pobre Harry y sacarán conclusiones.

Todos nos dimos cuenta de que Tito y Óscar se habían quedado blancos como el papel. Enrique, nervioso y desorientado, no paraba de reírse y de decir que aquello era una broma estúpida y que fuéramos preparándonos para recibir todos de lo lindo.

—¡Mira qué casualidad! —dijo Tom, de repente—. ¡Aquel que se acerca es el inspector de policía que lleva el caso de Harry!

Tal como habíamos quedado, el tío de Álex, que acababa de salir del trabajo e iba con su maletín, pasó cerca de donde estábamos nosotros.

—¡Inspector! ¡Inspector! —lo llamó Álex.

Su tío tenía cuarenta y tres años y trabajaba como comercial en una empresa de productos farmacéuticos. Tenía muy buena relación con su sobrino y había aceptado ayudarnos para desenmascarar a aquella panda de canallas. Álex tuvo la idea de preguntarle a su tío si nos ayudaría en nuestro plan y le contó toda la historia del acoso de Harry y sus consecuencias. El tío de Álex se llama Miguel y se pasa el día luchando por causas justas: pertenece a algunas ONG, colabora en proyectos de integración de inmigrantes y organiza actos y manifestaciones a favor de gays y lesbianas. A Miguel le pareció injusto lo que le pasaba al pobre Harry y le dijo a su sobrino preferido que haría cualquier cosa para ayudarlo. Íker propuso que viniera con sus amigos del Frente de Liberación Gay y se pelearan contra la pandilla de Enrique.

—¿Te crees que somos un batallón, chaval? —le dijo Miguel el día que nos vimos para planear el ataque—. El Frente de Liberación Gay es un nombre que causa sensación, ¡pero no tiene nada que ver con la lucha armada!

La idea de la muerte de Harry se le ocurrió a Tom. Y entre unos y otros fuimos planificando la historia de la carta y de la policía. Miguel dijo que él haría bien de policía; que, de entrada, no le gustaban mucho los policías, pero que era un papel que le apetecía interpretar. Quedamos que él mismo improvisaría lo que tuviera que decir.

Y realmente tenía pinta de policía estricto y valiente cuando se nos acercó la tarde del viernes. Los de la pandilla de Enrique no se lo podían creer.

—Hola chicos —nos saludó—. Celebro volver a veros. ¿Qué hace la familia del pobre Harry?

—Debe de querer decir la familia del pobre Adrián... —lo corrigió Álex, cuando descubrió que Miguel había metido la pata.

—¡Sí, claro! ¡Adrián! Siempre pasa eso con los apodos: empiezas a utilizarlos y ya no hay manera de quitártelos de la cabeza. En mi departamento hay un comisario que se llama Joaquín, pero todo el mundo lo ha bautizado como El Carnicero porque es feroz y sanguinario cuando interroga a los sospechosos en las celdas de castigo. ¡Y no hay manera de que nadie lo llame Joaquín!

—¿Se sabe algo de la carta de Adrián? —pregunto Álex.

—Ya la hemos leído... Es un caso bastante impresionante... Nombres y apellidos de los culpables... Todos están bien retratados...

—¿Culpables de qué? —se atrevió a preguntar Óscar con el corazón en un puño.

—Robo. Acoso. Coacción. Amenazas... Un montón de delitos castigados por la ley. Les caerá un buen puro —dijo Miguel negando con la cabeza—. Nombres y apellidos... Ya se pueden ir preparando... Cuando los cojan, irán al reformatorio.

—¿Y quiénes son? —preguntó Jerry.

—Compañeros de clase. Compañeros vuestros. Es triste que la juventud cometa errores tan imperdonables... Un inocente dejará este mundo por culpa de cuatro zangolotinos sin sentimientos... Porque, de hecho, son cuatro, cuatro contados.

—¿De la clase? ¿Y quiénes deben de ser? —se preguntó Tom en voz alta.

—Sin embargo, el pobre chaval —continuó Miguel—, tiene buen corazón. Un corazón excelente que contrasta con la mezquindad de sus acosadores. Harr...

Adrián es una persona de bien. Y precisamente esa condición de persona limpia...

—De persona limpia de corazón, quiere decir... —lo corrigió Álex.

—Eso mismo. Limpia de alma, claro —confirmó Miguel, que de repente se acordó del olor de nuestro socio—, pues su alma limpia lo condujo a la desgracia de caer en manos de esos indeseables...

—¿Dice la carta que Adrián quiere salvarlos? —preguntó Óscar.

—Lo dice bien claro. Quiere darles una última oportunidad antes de su último aliento. Quiere perdonarlos.

—¿Y cómo quiere hacerlo? —preguntó Tito.

—En la carta, el pobre mártir apunta la posibilidad de perdonarlos si cumplen unas pocas condiciones.

—¿Qué condiciones? —preguntó Enrique con cara de no creérselo del todo.

—Primero de todo, exige una carta firmada por los cuatro maltratadores en la cual pidan perdón por sus acciones y se comprometan a no volver a acosar a nadie hasta que abandonen la escuela. También pide la reintegración total del dinero robado, más un incremento del diez por ciento por todo el mal causado. El dinero, que suma un total de cincuenta y ocho euros con treinta céntimos, debe introducirse en un sobre junto con la carta y se dejará en el buzón de casa de Adrián hoy mismo a las nueve de la noche, antes de que sus fuerzas mengüen del todo y se entregue a la muerte.

—¡Oh, señor! —dijo Tom, quizá exagerando un poco de más su personaje—. ¿Si esos pobres pudieran saber la últimas voluntades de Adrián! ¡Oh, si pudieran saber que todavía están tiempo de salvarse!

—Quizá ya es demasiado tarde —se lamentó Miguel encogiéndose de hombros—. ¡Sólo podemos confiar en un milagro!

El tío de Álex dijo que tenía prisa y que lo estaban esperando en el cuartel general de la policía. Se despidió de todos nosotros con un apretón de manos y se fue. Lo mismo hicimos nosotros, cabizbajos, y dejamos plantados y boquiabiertos a los de la pandilla de Enrique.

Estuvimos esperando en la habitación de Harry, mirando la tele y jugando a la Play. Antes de las ocho, alguien llamó por el interfono y yo fui la encargada de contestar poniendo una voz rara y como si llorase a lágrima viva. La persona que habló conmigo desde la calle era Óscar, que se limitó a anunciar que traía una carta para Adrián. Diez minutos más tarde, Pablo bajó a la portería con las llaves del buzón y recogió un sobre. Dentro del sobre había sesenta euros en tres billetes de veinte y una carta llena de faltas de ortografía. Tres de las firmas eran auténticas; la cuarta, la de Enrique, era falsa: alguien la había imitado, más bien con poca gracia. Lo celebramos de lo lindo, ya que era la primera acción del club que nos salía bien. El escaso beneficio económico que sacamos fue el diez por ciento que se había inventado el tío de Álex y que acordamos gastarnos en un regalo para agradecerle su ayuda. Íker proponía comprarle una camiseta que pusiera «Scotland Yard». Tom apostaba por un número del National Geographic que hablara de África. Finalmente, yo, que soy la más sensata y que me considero un poco más capacitada en estas cuestiones que la panda de criaturas que me acompaña, decidí ir a comprarle el último disco de Madonna.

El lunes siguiente, Harry volvió al cole. Lo obligamos a llevar un jersey de lana muy grueso y una bufanda, y a poner cara de enfermo todo el rato. Óscar y Tito tenían un ojo morado, seguro que a causa de los puñetazos que les debió de soltar Enrique cuando supo que habían devuelto el dinero. Harry hizo el esfuerzo de acercarse a ellos a la hora del recreo y decirles la frase que Tom había escrito y él había memorizado: «Habéis actuado de una manera digna. Con vuestra disculpa habéis salvado mi vida y, al mismo tiempo, la vuestra. Rectificar es de sabios.»

—Habéis dignado una actuación. Con vuestra vida habéis disculpado la salvación de mi tiempo. Petrificar es de los barrios —les dijo, temblando por los nervios.

—¿Qué barrios? —preguntó Óscar.

—Habéis... habéis hecho una dignidad —lo intentó otra vez el pobre Harry—. Con vuestra salvación habéis actuado con tiempo... Y habéis... y habéis disculpado a los barrios.

—¿Qué barrios? —insistió Óscar.

—Vete a la mierda, chaval —le dijo Enrique, y se fue a jugar al fútbol.

CONJUROS Y MAGIA NEGRA

Íker volvió indignado del psicólogo. Sus padres, aconsejados por la tutora y por la psicóloga de la escuela, decidieron llevar a su hijo a un especialista. No estaban preocupados por la salud mental del muchacho ni por su desequilibrio emocional con el asunto de las visiones. «Lo que pasa es que ya estamos hasta las narices y queremos que se deje de chorradas para llamar la atención», parece que comentó su padre durante la reunión con la tutora y la psicóloga. Íker no quería ir, claro. Insistía en que no le pasaba nada.

—Y entonces, ¿qué significan los mareos? —le preguntó la tutora—. ¿Y qué es eso de las visiones?

—Chorradas, ya se lo digo yo, señora —intervino su padre.

La primera visita con el especialista nos la explicó al

día siguiente a la hora del recreo, comiendo un bocadillo de mortadela bajo la canasta.

A la Pajarica debía de interesarle el tema, porque aquel día se acercó más de la cuenta para pegar la oreja.

—Aquel hombre gordo me preguntó cada cuánto tenía visiones y si coincidían con días en que me dolía la tripa.

—¿Y qué tiene que ver una cosa con la otra? —preguntó Tom.

—No lo sé. Es lo que le pregunté yo. También quiso saber si se me había muerto alguien cuando era pequeño. Le dije que se me había muerto el perro, *Snoopy*. Después hablamos de la muerte de *Snoopy* y quiso saber si había sido una muerte traumática. Yo le dije que no mucho, que lo había atropellado un coche.

—Eso es bastante traumático... —opinó Pablo.

—Pero yo no lo vi. Me lo contaron mis padres.

—¿Tienes que ir más días?

—Todas las semanas. Dice que al final me curaré y que ya no tendré más visiones.

La Pajarica me esperó a la salida del cole aquel mediodía para preguntarme, toda intrigada, qué era aquello de las visiones de Íker. Cuando le conté que veía muertos vivientes, ella se encogió de hombros sin mostrar sorpresa.

—¡Ah, como mi abuela! —dijo.

—¿Tu abuela también ve muertos?

—Sí, claro —dijo ella, como si fuera lo más normal del mundo—. Es más, la abuela convive con los espíritus.

Mi primer pensamiento fue preguntarle si su abuela también visitaba a un psicólogo, y el segundo, que no era de extrañar que la niña fuera tan rara si su abuela veía muertos y convivía con ellos. Aquella tarde, cuando vi a Íker, le dije que había una persona que estaba en la misma situación que él, y que quizá estaría bien que pudieran hablar entre ellos sobre el tema.

—¿La abuela de la Pajarica? ¿Y de qué quieres que hable yo con esa mujer?

—Tenéis el mismo problema, Íker. ¡Podéis ayudaros el uno a la otra!

Lo comentamos con la pandilla al salir de clase por la tarde. Tom opinaba que la abuela de Vanessa debía de ser una indígena, y que los indígenas americanos tienen muchas creencias espirituales y que hacen conjuros y magia negra, y que era mejor alejarse de ese tipo de experiencias. Jerry, por el contrario, valoraba muy positivamente que la abuela de la Pajarica fuera una especie de bruja y se empeñaba en conocerla cuanto antes mejor.

—¡Debe de ser una chamán! ¡Los hechiceros de las tribus tienen poderes y son capaces de comunicarse con los dioses!

—¡La abuela de la Pajarica no pertenece a ninguna tribu! —lo contradije—. ¡La señora vive en la calle San Eusebio, con su familia!

—¡Es igual! ¡Si es una chamán, seguro que tiene poderes!

Íker no sabía qué pensar ni quería pronunciarse.

—Piénsalo bien esta noche, Íker —dije yo—, y mañana hablas con Vane.

Al día siguiente, en el aula de informática, donde hacíamos el crédito de diseño por ordenador, el profesor se enfadó porque la mayoría no había acabado el trabajo que le tocaba. De hecho, pasaba lo de siempre: que los buenos ya lo habíamos acabado y los malos todavía tenían que empezarlo. Jorge, el profesor, mientras intentaba orientar a Tito sobre el funcionamiento de las herramientas básicas del programa, se enfadó con los desocupados y nos regañó.

—¡Sois una panda de ineptos! ¿Así actuaréis en vuestro futuro profesional? ¿Sin hacer nada? ¡Buena sociedad nos espera! ¡Que tiemble el sistema! —exclamaba.

—¡Pe-pe-pero es qu-qu-que no tenemos na-na-nada que hacer! —alegó Mireia.

—¡Pues haced lo que hay en la pizarra! —gritó él antes de seguir aleccionando a Tito.

Resultó que en la pizarra no estaba el trabajo que teníamos que hacer los de primero de ESO y que Jorge había escrito a primera hora. La profesora de tercero de primaria, que había ocupado el aula en la hora anterior, había borrado las indicaciones de nuestro profe y había escrito una tarea sencilla para los niños de su clase: se trataba de escribir una carta a los Reyes Magos y dibujar un paje con un saco.

Nos extrañó que Jorge quisiera hacernos escribir una carta a los Reyes, a nosotros, que ya teníamos doce años y que hasta entonces nos habíamos dedicado a hacer logotipos y cosas así. Pero el profe estaba tan cabreado que nadie tuvo el valor de contradecirlo.

El modelo propuesto constaba de una fecha. Luego venía una introducción del estilo: «Queridos Reyes Magos: Este año me he portado bien y no he hecho enfadar a mis padres...» A continuación había que hacer una lista de buenas acciones por las que nos mereciéramos los premios, que eran los regalos, y que iban escritos a continuación, uno debajo de otro. La carta real acababa con un deseo de paz y buena voluntad y el dibujo del paje, que parecía la sota de bastos de una baraja.

Mireia, que ocupaba el ordenador a mi derecha, me preguntó si era normal que nos hiciera hacer aquel trabajo. Yo me encogí de hombros. Después me dijo que creía que todos los de la clase ya sabían lo de los Reyes, y que le parecía una chorrada escribir una carta tan cargada de inocencia.

Hice un fondo azul y encima de él dibuje unas estrellas amarillas con la herramienta de hacer polígonos estrellados y un avión supersónico. Mireia me copió descaradamente. Mi carta empezaba como la de la pizarra: «Queridos Reyes Magos: Este año me he portado bien.» A partir de aquí introduje unas pequeñas variaciones, porque bien del todo no me había portado, claro. Y pensé que Enrique Anadón tendría que hacer una carta totalmente opuesta a la de la pizarra, porque él no se había portado bien ni un solo día.

Entre las buenas acciones, escribí ayudar a poner la mesa, hacerme la cama, acompañar a la abuela al dentista y colaborar con la Asociación Solidaria de la Garrotxa. A mi izquierda estaba Tom, que escribía una carta larga y pesada, reclamando mejores intenciones por parte de los políticos, más colaboración con las ONG internacionales y la condonación de la deuda externa a los países en vías de desarrollo y cargando contra los dirigentes de algunas empresas que hacían negocio con asuntos tan sucios como el tráfico de armas y la corrupción.

Cuando Jorge se dio cuenta de que lo que había escrito en la pizarra no era lo que él quería que hiciéramos, se subía por las paredes. Y aún se irritó más cuando comprobó que la mayoría de nosotros ya teníamos acabada la carta y nos enfrentábamos a la figura patética del paje de la bolsa, que a mí me salía fatal porque cuesta bastante dibujar con las herramientas del programa y Jorge no nos deja usar el *Paint*.

—¿Se puede saber qué estáis haciendo? ¿Alguien puede explicarme qué caray estáis escribiendo?

—La ca-ca-carta —dijo Mireia.

—¿Qué significa la carta? ¿Qué puñetas de carta?

No se lo podía creer. Él, que se desvivía por hacernos elaborar complicadas composiciones y logotipos o pictogramas, no conseguía mantener la atención de sus alumnos, que, en cambio, escribiendo una carta cursi a los Reyes Magos, habían estado concentrados y en silencio durante casi media hora.

—¿Quién demonios os ha mandado escribir una carta a los Reyes?

—Lo pone en la pizarra —dijo Tom.

—¡Pero yo no he escrito eso en la pizarra! ¿A nadie se le ha ocurrido que podía ser un error? ¿A ningún individuo de doce años le ha parecido una tontería escribir una carta a los Reyes?

Mireia me dijo que no había quien entendiera a este profe; que se enfadaba si trabajábamos y se enfadaba si no trabajábamos.

Muchos de mis compañeros le pidieron permiso para imprimirla, porque la carta había quedado muy mona, e incluso el paje tenía su gracia. Harry Porker preguntó si estaba previsto que viniera un paje de verdad para recogerlas y llevárselas a Sus Majestades. Jorge consultó su reloj, nos ordenó que apagáramos los ordenadores y se quedó sentado en su mesa con la cabeza entre las manos.

La Pajarica fue feliz durante la media hora siguiente, porque, por primera vez, la invitamos a acercarse a la canasta como una más de la pandilla. Lo hizo con precaución y con una sonrisa tímida en los labios. Mientras se acercaba les pedí a los del club que la llamaran Vanessa, y no Pajarica. Harry dijo que si a la niña aquella la llamábamos Vanessa, a él teníamos que llamarlo Adrián, y Álex dijo que ni hablar, que él era y sería siempre Harry, de la misma manera que aquella bobalicona era y sería siempre la Pajarica. Me enfadé con él y le recordé cómo se enfadaba cuando en sexto todos lo llamaban Tiburón 3 porque habíamos descubierto, durante una excursión a la playa de Vilanova, que no se bañaba nunca en el mar por miedo de que se lo comiera un tiburón como en la peli de Spielberg.

—¡No es lo mismo! —se quejaba él.

—¡Claro que es lo mismo!

Mientras tanto, la Pajarica ya había llegado a la canasta y nos miraba con los ojos abiertos como platos.

—Mira, Vanessa, éste —dije, señalando a Íker— es el que ve muertos.

—Como mi abuela Paquita —dijo ella muy bajito.

—¿Qué ha dicho? —preguntó Harry.

—Que vuela como una Pajarica —contestó Jerry.

¡Ya estábamos! ¡Nada más empezar ya surgían los problemas! ¡Era la pandilla más impresentable del mundo! Nos pusimos a discutir, claro. Jerry juraba que aquello de «pajarica» lo había dicho ella, y yo decía que no, que había dicho "Paquita"; Jerry decía que cómo era que Paquita volaba; yo le contestaba que no había dicho «vuela», sino "abuela"... Todo un espectáculo terrible para la pobre Vane, que no decía ni pío. Finalmente, ella e Íker consiguieron charlar un poco. Bueno, charlar es un decir, porque Vanessa abrió la boca seis veces: dos para decir «sí», una para decir «no», una para decir «esta tarde» y dos para decir «ok». El resumen de aquella conversación de besugos era que podíamos ir a visitar a su abuela a su casa aquella tarde, a la salida del cole. Como yo ya sabía la dirección, Vanessa no tuvo que pronunciarla. Mejor para ella, pensé. Saliva que se ahorraba.

Si la Pajarica hablaba poco, la abuela hablaba por los codos. ¡Qué mujer más parlanchina! Fuimos a visitarla todos juntos aquella tarde. La niña estaba ufana de andar con nosotros y llevarnos a su casa. Debía de ser todo un honor. Seguramente se lo había contado a los de su casa por teléfono, porque su familia nos ofreció un recibimiento fantástico. Era un piso bastante pequeño de la calle San Eusebio, y en el recibidor nos esperaba toda la comitiva de bienvenida, formada por sus padres, la abuela, los hermanos, una sobrina y una tía. Nos besaron uno por uno, hombres y mujeres, y mientras lo hacían, comentaban entre ellos quién debía de ser cada uno de nosotros.

—¡Mira los gemelitos! ¡Qué monos! ¡Qué igualitos! ¡Son un primor! ¡Y esta debe de ser la nena de los aviones! ¡Qué ricura! ¡Parece que camine con alas, como un avioncito o un angelito! ¡Y ése debe de ser el calladito, el que siempre anda de mal humor! ¡Pobrecito, con lo mono que es! ¡Y ése debe de ser el sucito, uy, qué mal huele! —decía, riéndose, la madre de Vanessa, que se ponía los dedos en la nariz haciendo pinza mientras besaba a Harry.

En la mesa del comedor habían dispuesto una suculenta merienda a base de pasteles para celebrar la visita de los primeros amigos de su hija. La abuela preguntó quién era el que veía espíritus, y nosotros le señalamos a Íker, que enseguida fue aprisionado por los brazos de aquella mujer tan gorda, que lo besaba mientras recitaba conjuros. Quería llevárselo a su habitación, a él solo, pero Íker se negó. La mujer lo arrastraba con todas sus fuerzas, mientras nuestro compañero intentaba resistirse frenando con los pies sobre el suelo lustroso. Finalmente, la madre propuso que merendáramos todos juntos y que después ya se lo llevaría a «la habitación de las brujas», así lo dijo, con esas mismas palabras, y al pobre Íker le cambió el color de la cara, como si acabara de ver un muerto.

Nos obligaron a sentarnos mientras toda la familia estaba de pie alrededor. Cada uno de ellos se apropió de uno de nosotros para hacernos preguntas. A mí me tocó la tía, que me preguntó dónde vivían mis padres, si tenía hermanos, si iba bien en los estudios y si había visitado alguna vez la América latina. A Íker, claro, le tocó la abuela Paquita, que se desvivía por llevárselo enseguida a la habitación de las brujas y someterlo a todo tipo de experiencias con muertos.

La Pajarica, en su casa, hablaba más que en la escuela. Informaba a su familia sobre cada uno de nosotros y hablaba especialmente de mí, de su amiga, a quien incluso había dedicado el poema que toda la familia había leído. Estaba orgullosa de ser mi amiga, a pesar de que apenas nos decíamos nada y de que a la hora del recreo la obligábamos a colocarse a unos pasos de la canasta. Pensé que era difícil entrar en la mente de las personas y que cada habitante del planeta ve las cosas desde una perspectiva diferente.

Al cabo de un buen rato, Pablo, el más sensato, insinuó el tema por el que nos habíamos presentado en aquella casa: las visiones de Íker. La abuela Paquita aprovechó para volver a coger a nuestro compañero con la pretensión de llevárselo. Pero Pablo dijo que preferiríamos ir todos juntos. La mujer negó con la cabeza y dijo que no cabríamos todos en la habitación de las brujas, e Íker dijo que no hacía falta ir allí, que podíamos hablar tranquilamente en el comedor, con las persianas bien subidas.

—No, mi hijito —dijo la mujer—, los espíritus precisan su espacio y su lugar de respeto. A mí se me aparecen nomás en la habitación de las brujas, y allí es donde debo llevarme al chiquillo.

—¡Yo no quiero ir! ¡Esta mujer me da miedo! —nos susurró Íker al oído.

Entonces, Pablo propuso formar una comisión para acompañar a Íker. Harry dijo que él prefería quedarse a comer pasteles. Álex, mostrando su entusiasmo habitual, se encogió de hombros y se quedó sentado. Pablo, los gemelos y yo queríamos acompañar a la señora Paquita, pero ella dijo que todavía sobraba uno, y los gemelos negociaron entre ello; y finalmente vino Tom.

La habitación de las brujas era, en realidad, la habitación de la abuela. Había una cama cubierta con una colcha blanca, una silla, un armario y una cama plegada que abrían por las noches para que durmiera la hermana pequeña de Vanessa. Pero lo más fascinante de aquella habitación era la mesa. Estaba arrinconada a la pared y la mujer la había transformado en un altar. Un montón de velas encendidas, dispuestas formando una circunferencia, rodeaban una especie de belén lleno de figuritas: santos, cristos y pequeñas esculturas de piedra que a Tom le recordaban a las estatuas de la isla de Pascua. Todas las figuras estaban derechas encima de una especie de arena blanca sobre la que se dibujaban caminos, algunos de café, otros de arroz y otros de piel de naranja. Todos los caminitos llevaban al centro, donde se alzaba una figura más grande que las otras y que representaba a un hombre negro desnudo que llevaba en las manos un cirio encendido del tamaño de una vela de pastel de cumpleaños. En la pared, detrás del altar, estaban pegadas muchas fotos, algunas recortadas del periódico, otras antiguas, en blanco y negro, otras en color, e incluso había imágenes sacadas de Internet. Todas las imágenes mostraban personas o animales: perros, gatos, periquitos, elefantes. Algunas personas llevaban dibujada una cruz en la frente, y la señora Paquita nos informo de que los de las cruces eran los muertos con los que tenía contacto.

—¿Los ve? ¿Habla con ellos? —preguntó Tom.

La mujer dijo que sí, que hablaba con ellos a menudo. Algunos se presentaban de repente en la habitación y en forma corpórea. Contó que se sentaban en la cama, o en la silla, y que se quedaban un buen rato. Otros, añadió, sólo se comunicaban con ella de manera espiritual, mediante ruidos o movimientos. La mujer quiso saber qué tipo de muertos se le aparecían a Íker, y él estaba tan cagado de miedo que no podía hablar, así que lo hicimos nosotros. La mujer movía la cabeza a menudo, porque le sabía mal que las visiones de nuestro compañero fueran tan desagradables, con tanta sangre y los miembros descuartizados. A ella, en cambio, las apariciones se le presentaban limpias y aseadas, bien vestidas y perfumadas y sin un rasguño.

—Dame las manos, mi hijito —dijo la mujer, y sin esperar a que Íker pudiera hacer nada por impedirlo, se las cogió y las escondió entre las suyas.

A continuación, con los ojos cerrados, hizo unos conjuros en una lengua extraña que no entendimos. Era como si rezara y cantara a la vez, con la voz muy grave.

No sabíamos qué pretendía hacer la mujer, pero el caso es que no pasó nada. Seguramente por eso abrió los ojos, dejó las manos de Íker y cogió un cigarrillo del bolsillo de su delantal. Se lo puso en los labios, lo encendió con una de las velas y volvió a coger las manos de nuestro amigo. Repitió el conjuro, esta vez con el cigarrillo humeando entre sus labios. Íker temblaba entero y no hacía más que mirarnos pidiendo auxilio.

El experimento duró unos tres minutos. El cigarrillo se consumía poco a poco en la boca de la señora Paquita y se convirtió en un cilindro de ceniza que, milagrosamente, se mantenía en equilibrio sin caer al suelo. De repente, la mujer abrió los ojos, soltó las manos de Íker y apagó la colilla en la arena del belén.

—Tenemos que salir de la habitación —dijo, mientras se incorporaba.

Fuera, en el comedor, la madre de Vanessa riñó a la abuela Paquita.

—¿Ya ha vuelto a fumar, abuela? ¡Sabe que el médico se lo tiene prohibido!

—¿Ha hablado con alguno espíritu de los que ve Íker? —le preguntó Pablo a la mujer.

La abuela dijo que sí; que, de hecho, había introducido uno de sus muertos dentro del cuerpo de Íker, y que ese muerto haría tareas de investigación y espionaje. En cuanto supo que uno de los muertos de la señora Paquita estaba dentro de él, Íker se sintió fatal y le entraron ganas de vomitar. Llegó al baño justo a tiempo. La mujer dijo que era normal que vomitara.

—¿Es como si estuviera enfermo? ¿Cómo si llevara un virus? —pregunté yo.

—Más o menos, cariño. Hay que dejar que los espíritus hagan su trabajo.

Cuando nos despedimos de la familia de Vane y salimos a la calle, Íker estaba furioso.

—¿Y ahora qué haré? ¡Esta mujer me ha metido un demonio dentro! ¡Sólo me faltaba esto! ¡Vosotros tenéis la culpa de mi desgracia!

—La mujer lo ha hecho por tu bien —intentaba calmarlo Tom—. ¡Ahora no hace falta que te pongas nervioso sólo por tener un espíritu dentro...!

—¡Ah, no, claro! ¡Eso es fácil de decir! ¡Que te lo metan a ti el espíritu!

—A ver si echas jugos verdes como la niña de *El Exorcista* —dijo Harry.

Al día siguiente todos queríamos saber cómo había pasado la noche Íker y si el espíritu de la señora Paquita le había hecho algún efecto. Él, arisco y de mal humor, dijo que no había notado ningún cambio. A la hora del recreo, en vez de su habitual bocadillo de mortadela, Íker pidió uno de queso. Harry se dio cuenta.

—¿Cómo es que lo has pedido de queso? Tú nunca comes queso.

Íker se quedó preocupado. De hecho, a él apenas le gustaba el queso. Pensamos que seguramente aquel cambio se debía al espíritu invasor, al que seguro que le gustaban los lácteos.

La Pajarica se acercó a la canasta y le dimos permiso para quedarse. Íker quería hacerle un montón de preguntas sobre la abuela y su colección de espíritus.

A la hora de lengua, mientras preparábamos un poema de Navidad, Íker se sintió mal y le pidió a la profesora que lo dejara salir para ir a vomitar.

—¡Quedamos que no harías más esto, Íker! ¡No queremos más problemas con las visiones! ¡Tus padres están pendientes de ello!

—No es una visión, señorita.

—¿Ah, no? ¿Y qué es? ¿Algo que has comido?

Todos, desde nuestros sitios, pensamos en el maldito espíritu que llevaba dentro el pobre Íker y que le provocaba aquellos vómitos.

—Sí, señorita. Debe de ser algo que llevo dentro —dijo él cabizbajo y a punto de llorar.

El poema de Navidad tenía que rimar. Habíamos estudiado un poco la rima y los pareados, y teníamos que escribir entre todos un poema de Navidad que rimara. Pensé en la Pajarica, que sabía mucho de hacer poemas con rima. A la Tarta no le salían bien los versos. En mates es muy buena, pero en lenguas es más bien floja, a causa, me imagino, de sus problemas para hablar. Tito y Enrique, para variar, no estaban atentos al trabajo y se pasaban notitas. La profesora se dio cuenta cuando, en un lapsus, Tito leyó la nota que le había pasado Enrique en vez del verso que se había inventado él y que tenía que rimar con el último que la profesora había escrito en la pizarra:

«Y oro le ofreció el rey Melchor.»

—¿Qué has escrito tú, Tito? —le preguntó la profesora.

—«Mercedes ya lleva sujetador» —leyó él.

—La rima está bien. Pero para mañana me traerás hechos los ejercicios de la página 34. ¡No estás nunca donde tienes que estar! Y a la próxima notita que os paséis, os quedará suspendido el crédito, ¿está claro? Eso también va por usted, señor Anadón.

Desde los incidentes con Harry, Enrique Anadón estaba muy cabreado con nosotros y sólo nos dirigía la palabra para insultarnos y hacernos enfadar. Tom le había dicho que debería agradecernos que no hubiéramos hablado con el director de la escuela, porque, si lo hubiéramos hecho, seguro que lo habrían expulsado. Supongo que Enrique es consciente de eso, pero aún así le duele haber quedado en ridículo. El poder que tiene Enrique no es el poder que tenemos nosotros, que formamos una pandilla y utilizamos la inteligencia para resolver los conflictos. Su poder es puramente físico, y aunque es un poder fuerte y temible, la mayoría de las veces no tiene nada que hacer frente al poder del cerebro. Eso lo dice siempre Tom, especialmente durante las pruebas de educación física, cuando Enrique saca un sobresaliente y los gemelos sólo un cinco pelado.

Después de comer, Íker no volvió a la escuela y nosotros nos sentimos culpables. Fuimos nosotros los que insistimos para que hablara con la abuela Paquita. Pobre Íker, sólo le faltaba esto. Cuando salimos de clase, Álex y yo fuimos a verlo a su casa. Estaba solo, tumbado en el sofá y mirando la tele. Sus padres todavía no habían llegado y él no se encontraba nada bien: había vomitado las barritas de merluza del mediodía.

—¿Y si llamas al psicólogo?

—¿Y qué le digo? ¿Qué una bruja me ha introducido un espíritu? Cuando lo sepa mi padre, me mata.

Álex propuso ir a casa de la Pajarica y pedirle a la abuela Paquita algún conjuro para expulsar al intruso del cuerpo de Íker, pero él se negó: no quería volver más a aquella casa ni que la mujer le pusiera las manos encima. Álex también sugirió ir a ver al cura de su parroquia y que le hiciera un exorcismo.

—En las películas funciona —dijo.

—Y si se me retuerce el cuello o me subo por las paredes como un endemoniado, ¿qué? ¿Y si vomito cosas verdes como dijo Harry? ¿Y si me quedo tonto para toda la vida?

Teníamos un problema grave y no sabíamos cómo resolverlo. En aquel momento llegó la madre de Íker, que venía del trabajo y había ido a buscar a su hermana pequeña al cole. Íker disimuló y le dijo que acabábamos de hacer los deberes; que nosotros ya nos íbamos. Nos despedimos a nuestro pesar y en la calle decidimos ir a ver a la Pajarica.

Nos dirigimos a la calle San Eusebio y llamamos al timbre del portero automático. Nos contestó una niña pequeña que debía de ser la hermana de Vane. En el comedor, sentadas a la mesa, estaban la abuela Paquita y la Pajarica: la abuela pintaba con cuidado las largas uñas de nuestra compañera con esmalte de color rosa. Cuando entramos, la mujer dejó el pincel dentro del frasco y se acercó para besarnos. La Pajarica sonreía y movía los dedos para que se le secara la pintura.

Le expuse el caso de Íker, todo lo que le había pasado durante el día y su estado actual. La mujer no le dio ninguna importancia.

—Ese niño es muy aprensivo —se limitó a decir.

¿No había ningún remedio para expulsar el espíritu? La mujer dijo que no; que dentro del cuerpo de Íker se estaba librando una batalla feroz entre el espíritu espía y los espíritus malignos que le hacían ver muertos; que era cuestión de tiempo y de paciencia. Todo debía seguir su proceso. De todas maneras, dijo, se podría intentar una oración para que Íker no sufriera tanto las consecuencias de la invasión espiritual.

Nos preguntó si teníamos una foto del poseído. En el

móvil de Álex había una de Íker haciendo el tonto, con la lengua fuera y los ojos bizcos. La mujer dijo que serviría. Fuimos al altar de su habitación y Álex dejó su móvil en medio de la arena, con la cara de Íker en la pantalla. Vane y sus hermanos nos habían seguido y todos hacíamos corro alrededor de la abuela, que enseguida cerró los ojos, encendió una vela y un cigarrillo y fumó mientras pronunciaba una oración. No se entendía nada de lo que decía, porque hablaba en una lengua extraña. La situación era un poco surrealista: todos a oscuras, en silencio, escuchando a aquella mujer que fumaba y murmuraba delante de la foto de Íker sacando la lengua.

Antes de irnos descubrimos una cosa que no sabíamos, y es que la Pajarica estaba medio enamorada de Álex, porque resulta que le pidió una foto.

—¿Una foto?

—Sí, para que la abuelita me haga un conjuro.

—¿A ti? ¿Con mi foto?

—Sí, un conjuro de amor.

Álex dijo que no tenía ninguna foto, pero que tenía prisa, y me obligó a irnos enseguida.

En la calle, llamamos a Íker para preguntarle si había notado alguna mejoría y él dijo que no, y que por qué lo preguntábamos. No nos atrevimos a decirle que acabábamos de ver a la señora Paquita y que le había hecho otro conjuro.

Íker no vino a clase al día siguiente, y Álex y yo sufrimos remordimientos. No le contamos a nadie la segunda visita a casa de la Pajarica, nos daba miedo que la muchacha lo largara a la hora del recreo, bajo la canasta. Allí, a las once en punto, y mientras los gemelos discutían si era bueno o malo que Íker acogiera un espíritu dentro del cuerpo, Vane se acercó risueña y se quedó a un par de metros de nosotros, esperando que alguien le diera permiso para unirse al grupo.

—Ya tenemos aquí a la nieta de la bruja —dijo Jerry.

Vane, a distancia, se sacó un papelote del bolsillo y nos lo enseñó.

—¿Qué lleva en la mano?

Avancé hacia ella. La Pajarica me dio el papel.

—Lo ha escrito mi abuelita. Es una oración que Íker debe leer en voz alta tres veces al día para que el espíritu haga su trabajo sin fatigarlo.

—Hoy tampoco ha venido Íker. Debe de encontrarse mal —la informé mientras intentaba descifrar aquel mensaje, que estaba escrito en una lengua desconocida—. Esto no se entiende, Vane. Íker no sabrá leerlo.

—Está escrito en la lengua de los muertos. Íker debe leerlo, aunque no lo entienda.

—¡Pero es que no se entiende la letra de tu abuela! ¿No podría pasarlo al ordenador?

—Mi abuelita no sabe utilizar las computadoras.

—¿Y no podrías hacerlo tú? ¡Que te lo dicte la señora Paquita! Nos harías un favor...

La Pajarica se quedó en silencio, mirándome a los ojos. Después se puso roja y bajo los ojos.

—Lo haré si tú me haces un favor a mí, Martina.

—¿Qué tipo de favor?

—Consígueme una foto de Álex.

Me pareció un chantaje aberrante. Un acto nada propio de una niña tan tímida como la Pajarica.

—Está bien —respondí, sobre todo porque me sentía un poco culpable de la suerte del pobre Íker—. Tú me lo pasas al ordenador y yo te doy la foto de Álex. Pero que él no sepa nada, Vane. Será un secreto entre tú y yo.

Antes de entrar en clase, se me acercaron las monjitas de segundo, Lourdes y Asún.

—¡Martina! Pasado mañana celebramos el cumpleaños de Asun y hacemos una fiesta. Queremos que vengas. Hemos invitado a todas las niñas apocaditas de la escuela. Será una fiesta muy divertida y hemos organizado un montón de juegos. ¡Podrás hacer nuevas amigas!

—Pasado mañana no puedo.

—¡Pasado mañana sí que puedes, Martina! Tienes que ser más positiva y estar abierta a conocer nueva gente. No puedes quedarte encerrada en tu mundo. Toma, aquí tienes la invitación que hemos preparado. Nos encontraremos todas a la salida de la escuela, a las cinco y media, y haremos una gincana para llegar a casa. ¿No te parece una buena idea? Descubrir la dirección ya será como un juego. ¿No te parece fantástico?

Aquellas bobas me ponían de los nervios. El timbre ya había sonado y teníamos que entrar en clase. Más tarde ya me inventaría una excusa para no tener que ir a aquella maldita fiesta de los juegos idiotas.

Cuando se acabó la última clase de la mañana, la profesora Mocho me dijo que la esperara, que quería hablar conmigo.

—Mira, Martina, ya sé que ahora eres alumna de ESO, pero quería preguntarte si no te importaría volver a hacer de Virgen María para el belén viviente de los niños de primaria. Los dos últimos años lo hiciste muy bien, y entre las niñas de sexto no encuentro ninguna que dé el tipo perfecto para hacer de Virgen María.

—Pero, es que...

¿Hacer otra vez el belén? ¡Ah, no! Todo el mundo en ESO se reiría de mí! ¡Ni loca!

—Ya sé que te has hecho mayor y que posiblemente

te dé un poco de vergüenza. Pero piensa que sólo serán un par de horas, y que lo haremos en el patio de arriba y nadie de los mayores te verá.

—Todo el mundo lo sabrá, señorita. Yo no...

—Te prometo que no lo sabrá nadie, yo me hago responsable. Míralo por el lado positivo: ¡ese día te saltarás las clases de la mañana!

En quinto y sexto yo había hecho de Virgen María en el belén. El señor que se encarga del mantenimiento de la escuela construye una especie de cueva y la instala en un rinconcito del patio de arriba. Los más altos de quinto y sexto suelen representar los personajes principales: la Virgen, san José y los tres Reyes Magos. Los de cuarto hacen de pastores y de ángeles, y un niño o una niña de P3 hace de niño Jesús. La representación dura casi dos horas, durante ellas los figurantes del belén tenemos que estarnos quietos, de una manera concreta, como si fuéramos figuras del belén, mientras los niños pequeños y los de primaria, de P3 a sexto, pasan por delante de la cueva, cantan o recitan los poemas de Navidad y, los que lo desean, dejan la carta que han escrito a los Reyes. También están invitados los padres de los pequeños. Al final hay un refresco y bocadillos para todos, actores y espectadores. En quinto y sexto yo estaba orgullosa de ser la Virgen, pero ahora las cosas han cambiado. La profesora Mocho me jugaba una mala pasada haciéndome aquella propuesta.

—¡No me digas que no es fantástico sentirte protagonista, Martina! ¡Aunque sólo sea durante un par de horas! ¡Se trata de transmitir el espíritu navideño a las criaturas!

—Pero ya me he hecho mayor... —alegaba yo.

—¡Eres la mejor Virgen María que hemos tenido nunca, Martina! ¡Todos los de la escuela estamos orgullosos de ti!

La Mocho se esforzaba por engatusarme con aquellos piropos. Mi expresión desencantada la obligó a atacar con una estrategia que no falla.

—De todas maneras, llamaré a tu madre. A ver si hay algún problema para que colabores.

Aquello era un golpe bajo. Mi madre siempre se ha sentido orgullosa de que su hija sea reclamada para hacer de Virgen María en la escuela.

Llegué a casa hecha una furia. En un solo día había recibido dos ofertas odiosas: hacer de Virgen y asistir a la fiesta de las monjitas. No tenía ganas de hacer deberes ni de estudiar, aunque estábamos a punto de empezar los exámenes de crédito. Además, estaba el problema de Íker, el problema de la foto de Álex...¡qué panorama tan desolador! Deseaba con todas mis fuerzas tener a alguien con quien comentar mis problemas... Si ese «alguien» existiera...

Y, de repente, sonó el móvil. La palabra "Pablo" apareció en la pantallita.

Antes de contestar, y por primera vez desde que lo conocía, me alegré de leer aquel nombre y, a continuación, de oír su voz.

—¿Sabes algo de Íker? —me preguntó.

La voz de Pablo. Nunca hubiera imaginado que aquella voz, un poco rara porque estaba en pleno cambio de niño a muchacho, me haría sentir bien. Pablo hacia segundo, era un año mayor que nosotros. En aquel momento me di cuenta de que parecía mayor que Álex, que Tom o que Jerry y, evidentemente, mucho más que Íker o Harry, que todavía eran niños con cara de niño y hablaban como niños. Quizá Pablo no era tan despierto como Álex, pero en conjunto resultaba más atractivo. Era de piel oscura y de pelo negro y corto, bien cortado, con un pequeño flequillo sobre la frente. Pablo llevaba los pantalones holgados y jerséis anchos, zapatillas de marca y una mochila llena de bolsillos. Siempre había pensado que me gustaba más Álex porque lo conocía de toda la vida y jugábamos juntos de pequeños, pero aquella tarde... aquella llamada...

—¿Martina? ¿Me oyes?

—Sí, sí. No, no sé nada de Íker.

—¿No habéis ido a verlo hoy? Yo no he podido, tenía hockey.

Pablo entrenaba en un equipo de hockey. Hacía deporte. Se había ensanchado un poco de hombros, como todos los chicos deportistas. Álex, en cambio, era un perezoso y prefería estar tumbado en el sofá jugando a la Play o mirando dvds. A mí tampoco me gusta el deporte, la verdad, aunque sé que tendré que hacer mucho si quiero convertirme en piloto de avión.

—Pues nos vemos mañana en la escuela —dijo Pablo—. ¿Te pasa algo? ¿Estás enfadada?

—¿Por qué lo dices?

—No lo sé, pero te noto rara.

Me despedí y dejé el móvil sobre la mesa de la habitación. ¿Qué me estaba pasando? ¿Por qué me sentía tan rara después de hablar con Pablo?

La única fotografía que encontré de Álex era una que le hice en las colonias de sexto. Aquel mediodía, a la hora del recreo, esperé que saliera de su clase la Pajarica.

—¿Has traído la foto de Álex?

—Sí. Toma —se la di—. ¿Y tú? ¿Has pasado al ordenador el conjuro?

Vane me alargó una hoja.

—Recuerda: tiene que leerlo en voz alta tres veces al día. La abuelita dice que hace más efecto si lo recita de rodillas, mirando hacia el sol o hacia la luna.

—Íker hará lo que pueda —le dije resignada.

Íker había venido a la escuela y estaba sentado bajo la canasta con el resto de compañeros. No estaba comiendo ningún bocadillo porque le apetecía comerlo de queso y no de mortadela, pero se negaba a pedirlo por no complacer al espíritu. Le dije que la abuela de la Pajarica le había escrito un conjuro para aligerar el trabajo del intruso.

—Tienes que recitarlo tres veces al día, de rodillas y de cara al sol o a la luna. Dice la señora Paquita que te irá muy bien.

Íker le echó una ojeada al conjuro.

—No se entiende nada.

—Porque está escrito en la lengua de los espíritus. Tienes que recitar estas palabras, aunque no las entiendas.

—¿Y si me equivoco? ¿Y si cambio una letra sin querer y en vez de decir una cosa buena digo una mala?

—¡Pues fíjate bien, tonto! ¡Procura no equivocarte! —lo abroncó Tom, que había cogido la hoja y leía con interés todas aquellas palabras extrañas—. Podrías empezar ahora, y así nosotros te corregimos si te equivocas.

—¿Ahora? ¿Aquí? —preguntó el pobre Íker.

—Tienes que hacerlo tres veces al día, ¿no? Pues ya tendrías una hecha —dije yo.

—¿De rodillas? ¿De cara al sol?

El día estaba nublado y el sol no lucía por ninguna parte. Tom y Jerry estuvieron discutiendo acerca de dónde estaba el sol, porque, a pesar de las nubes, tenía que estar por fuerza en el cielo, en el lugar de siempre. Tom decía que estaba más a la derecha; Jerry opinaba que estaba más a la izquierda. Tom insistía en que había que tener en cuenta el mes del año, o sea, diciembre, y que, por lo tanto, el sol no podía estar tan a la izquierda. La Pajarica esperaba a pocos metros de la canasta.

—¿Eso de la orientación puede ser más o menos exacto? —le preguntó a gritos Jerry, haciendo bocina con las manos.

Vane se encogió de hombros.

—¡A ojo de buen cubero! —gritó.

Íker, haciendo de tripas corazón, se puso de rodillas mirando hacia el cielo, en la dirección que le había indicado Tom. Cogió la hoja entre las manos y se puso a leer aquel conjuro. Jerry se colocó detrás de él, con el cuerpo un poco flexionado para leer la hoja y comprobar que no cometía ningún error.

—*«Abusta Leresti Capcuta Bonareta. Joliste Joliste Epistiro. Joliste Joliste Suframa...»*

Todos estábamos tan pendientes de la lectura que no nos dimos cuenta de que la profesora encargada de vigilar el recreo se acercaba haciendo la ronda habitual.

—*«Julisco Petrovide Julisco Kisterio. Kisterio Kisterio. Buonoroti Capcuta...»*

— ¿Puede saberse qué haces, Íker? —preguntó la profesora.

Nos volvimos todos a la vez. La profesora, con los brazos cruzados sobre el pecho, miraba a nuestro compañero con cara de pocos amigos.

—¡Continúa! —susurró Jerry al oído de Íker—. ¡No puedes dejarlo a medias!

—*«Lutrecio Posterit acrumo Fidiato. Acrumo Acrumo Julisco Kisterio...»*

—¿Me has oído, chico? ¿Se puede saber qué caray haces? —insistió la profesora.

Íker nos miró a todos sin saber qué hacer.

—Hace un conjuro para dejar de ver muertos —le explicó Tom a la profesora—. Tiene que acabar sin que lo distraigan.

—¿Ah, sí? ¡Pues a ver qué piensa el jefe de estudios! —dijo la profesora antes de dar media vuelta y echar a andar hacia secretaría—. ¡Ya estamos hartos de estas historias de visiones y fantasmas! ¡Sólo faltaban conjuros!

—¿Qué hago? —preguntó Íker cuando la mujer se hubo marchado.

—Tú sigue. No puedes dejarlo a medias.

Aún quedaba más de la mitad del conjuro, e Íker se resignó a continuar leyéndolo. Cuando llegó el jefe de estudios, él seguía de rodillas y leía las dos últimas frases. Los alumnos que estaban jugando a fútbol en la pista abandonaron el juego para acercarse a mirar qué le pasaba a aquel chaval, y habían hecho un corro alrededor del orador.

—*«Hidropo Julisco Kiterio Kiterio Alma Mater Julisco...»*

—Haz el favor de levantarte y acompañarme al despacho, Íker —dijo don Pedro.

—*«Julisco Lodrina Julisco Cresonte...»*

—¿Me has oído, chaval?

—*«Kiterio Salmoneri presiste Julisco...»* —recitaba íker mientras hacia un gesto con la mano al jefe de estudios para que esperara y tuviera paciencia.

—¡Estamos hasta las narices de espíritus, chaval! ¡Ya sólo nos faltaba que te pusieras a hacer magia negra de esta cutre en el patio de la escuela! —Don Pedro estaba realmente furioso y de un tirón obligó a Íker a ponerse de pie—. ¡Ya se ha acabado tanta tontería!

—*«Kiterio Kiterio Presiste Julisco Julisco...»* —recitaba todavía nuestro amigo mientras se dirigía hacia secretaría empujado por don Pedro.

—¡Ni la Conga de Jalisco ni puñetas! —gritaba el jefe de estudios mientras se lo llevaba—. ¡Ya veremos qué piensa tu padre de estas chorradas!

El padre de Íker llegó a la escuela enloquecido como un demonio, y enseguida lo hicieron entrar en el despacho del director. A punto estuvo de hacerle comer la hoja del conjuro, porque, después de retorcerla entre las manos y hacer una bola, intentó meterla en la boca de su hijo mientras gritaba como un loco que ya estaba hasta la coronilla y que lo encerraría en un reformatorio.

Las consecuencias fueron nefastas para nuestro amigo: sin tele y sin Play hasta Navidad; sin móvil hasta Reyes y, posiblemente, sin regalos durante las fiestas. Al día siguiente, el pobre poseído estaba hundido, y lo peor de todo es que el espíritu intruso continuaba haciendo de las suyas. Le propuse pedirle a la Pajarica que volviera a imprimir el conjuro, y él dijo que ni en broma, que no pensaba volver a recitar aquellas palabras nunca más en su vida. Que se fueran a la mierda la Pajarica y su abuela y toda la maldita corte de espíritus y de muertos vivientes. Decía que quería ser un niño normal, como los otros, y que qué desgracia de vida le había tocado en suerte. Pobre Íker.

Yo seguía obsesionada con lo que me pasaba. Tenía ganas de ver a Pablo, de que me llamara, de que me hablara... Estaba convencida de que, si hubiera podido hablar con una amiga, me habría confirmado que estaba enamorada de él. ¡Enamorada de «Pablo! ¡Costaba de creer! ¿Y si al final él tenía razón cuando me decía que tarde o temprano le diría que sí? Álex, en cambio, sufría una especie de reacción contraria respecto a la Pajarica. No dejaba que se acercara a la canasta y se negaba a volver a su casa para buscar remedios y conjuros para salvar a Íker. Cuando se encontraba a Vane, giraba la cara. Si Vane se acercaba, él se iba. Cuando alguien pronunciaba su nombre, Álex ponía cara de asco. Sin duda, el conjuro de amor no había tenido ningún efecto, sino todo lo contrario. Yo me imaginaba a Vane y a su abuela en el altar de los conjuros delante de la foto de Álex en las colonias de sexto; la abuela recitando aquellas palabras extrañas mientras le pintaba las uñas a su nieta. No, los conjuros de amor no tenían ningún efecto, como tampoco lo tenían los conjuros de los espíritus, a la vista del resultado que habían producido sobre Íker. No, la abuela Paquita no debía de ser una bruja de verdad, sino una impostora. No había servido de nada su magia. ¡Qué fraude! ¡Y pensar que hay mucha gente que confía en estas cosas!

Todo eso lo tenía muy claro, y no sólo yo, sino que todos los compañeros de la canasta lo veían igual: la señora Paquita no tenía poderes. La magia no existía. Tom dijo que la religión era el opio del pueblo. Harry preguntó qué quería decir, y Tom no supo cómo explicárselo. Harry preguntó qué era el opio, y Álex le dijo que era una cosa parecida a un porro. Harry preguntó qué tenía que ver fumarse un porro con ir a misa. Tom dijo que no dijera chorradas, y Harry le contestó que había empezado él. Se armó un follón, como siempre. Pablo, mientras discutían, me miraba fijamente y me sonreía, y toda yo temblaba y me ponía roja.

Aquella tarde, la Pajarica me esperó a la salida de clase.

—Dile a Pablo que dice mi abuela que si no le trae más fotos tuyas, no podrá continuar haciendo conjuros de amor.

—¿Cómo dices?

—Que la abuela necesita fotos tuyas más recientes. Que las que tiene ya no sirven. Que Pablo traiga más, que si no, el amor se va a acabar.

Aquella revelación me dejó impresionada. ¿Era posible que yo hubiera sido víctima de un conjuro? ¿Era posible que, finalmente, la magia de la señora Paquita tuviera de verdad efectos sobre las personas? ¿Era posible pensar que los conjuros de una bruja existían?

Por otra parte, ¿cómo se había atrevido el imbécil de Pablo a encargarle un conjuro de amor a la abuela de Vane? ¿Qué se había creído ese sinvergüenza, idiota, imbécil, estúpido, creído insoportable y ridículo? ¿Qué yo me enamoraría de él? ¡Qué animal!

FIESTAS DE NAVIDAD

Mi madre me esperaba con dos noticias. Es como aquel chiste de las noticias buenas y las malas. Para ella, para mi madre, las noticias eran buenas. Para mí, en cambio, las noticias eran malas: la profesora Pilar, la Mocho, la había llamado para confirmar mi papel de Virgen María en el belén viviente, lo que había dejado a mi madre encantada y orgullosa; y la madre de Asun le había anunciado la fiesta de cumpleaños de su hija, a la que yo estaba invitada. Mi madre ya había ido a comprar el regalo que yo le llevaría a Asun, y había quedado con su madre para tomar una copa de cava juntas cuando viniera a recogerme una vez acabada la fiesta. Fantástico.

—No pienso ir a la fiesta de Asun. No es mi amiga. No la soporto.

—Irás a la fiesta de Asun, porque su madre sí que es amiga mía. Y no hay más que hablar. ¿Está claro?

Mi madre no conoce el significado de las palabras «democracia», «diplomacia» o «debate». Las cosas son porque son. Y punto. O «está claro», como dice ella.

Me encerré en mi habitación, rabiosa, y estuve mirando el libro del Airbus A-380 que me había regalado Sonia. Tenía ganas de ser mayor y tener el título de aviadora para subir a una máquina y sentirme libre surcando los cielos, fuera de casa, lejos de mis padres, de la escuela, de la Mocho, de Asun y de todas las cosas odiosas de la vida.

Ir a clase aquella tarde con el regalo en la mochila ya era penoso. Pero salir al patio a las cinco y media y encontrarme a las dos monjitas bajo una pancarta que habían hecho ellas mismas y que ponía «¡Bienvenidas las invitadas a la fiesta!» fue patético. La pancarta, hecha con una sábana blanca, la aguantaban dos palos de madera, uno lo sujetaba Asun, y el otro, Lourdes. Bajo la pancarta se encontraban ya algunas de las invitadas, como la Pajarica, la Croma, una de segundo a quien llaman Maggie Simpson por su peinado alucinante, que se parece a la torre de Pisa, y la Tarta de mi clase. Mis amigos de la pandilla, como el resto de alumnos de la escuela, miraban la pinta que tenían aquellas niñas bajo la pancarta, y yo decidí no reunirme con ellas hasta que todo el mundo estuviera en la calle. Pero Lourdes me vio enseguida y se puso a gritar como una loca:

—¡Martina! ¡Martina, estamos aquí!

Y rápidamente ella y Asun obligaron a todas las invitadas a corear mi nombre:

—¡MAR-TI-NA! ¡MAR-TI-NA! ¡MAR-TI-NA!

Quería morirme. Los del club me observaban con

la boca abierta. Evidentemente, yo no les había dicho que era una de las invitadas a la fiesta patética.

—¡MAR-TI-NA! ¡MAR-TI-NA! ¡MAR-TI-NA! —seguían gritando las bobas de la pancarta.

La reacción de Pablo, Álex y los otros no fue echarse a reír, sino todo lo contrario: debían de sentirse tan avergonzados de que su compañera de club participara en una fiesta como aquella que, cabizbajos y sin decir nada, fueron saliendo del cole sin despedirse de mí. Sentí el impulso de coger a mi madre por el cuello y estamparla contra la pared.

La fiesta de Lourdes y Asún era exclusivamente femenina. No habían invitado a ningún chico. Las invitadas eran sus protegidas, las niñas apocadas, como las llaman. A mí me reventaba ser una de ellas.

Me acerqué a la pancarta y recibí un montón de besos.

—¿Quién falta? ¿Quién falta? —preguntaba Asun, hecha un manojo de nervios.

La Pajarica quería darme la mano para ir juntas a la fiesta. Me mostró su frasquito de esmalte de uñas de color rosa: Lourdes le había prometido que uno de los juegos de la fiesta consistiría en hacernos la manicura y pintarnos las uñas.

Con el grupo de invitadas completo, las anfitrionas dieron las primeras instrucciones.

—No os hemos dicho la dirección de la fiesta porque... ¡encontrar la casa será un juego! ¿No os parece una idea fantástica? ¡Hemos organizado una gincana con pistas para llegar. ¿No os parece genial? ¡Tenéis que agruparos por parejas antes de que os demos la primera pista!

—Yo ya sé la dirección —dije.

Las dos monjitas me miraron con cara de asco.

—Pues tu no participarás, Martina, por aguafiestas. ¡Te quedarás sin premio!

—Me da igual —dije.

La Pajarica se enfadó: ella quería ser mi pareja de juego. Lourdes se puso nerviosa y le dijo que buscara otra pareja, que no se podía confiar en mí porque era una niña rebelde y desagradecida. La Pajarica intentó defenderme, como siempre, pero Lourdes le dijo que si no se portaba bien ya podía irse a su casa. Le asignaron a Maggie Simpson, tanto si quería como si no.

—Tú ya puedes ir hacia mi casa —me dijo Asun de mal humor—. Espéranos allí.

Esperadme sentadas, pensé, porque, de golpe, decidí que no iría a la fiesta, aunque tuviera que mentirle a mi madre. Había dos problemas: el primero era que no podía ir a casa, y el segundo, que mi madre vendría a buscarme a casa de Asun. Tenía un buen rato para idear una solución al segundo problema.

Corrí detrás de los chicos para proponer que alguno de ellos me acogiera en su casa hasta las ocho y media de la noche. No me apetecía nada ponerme a andar como una desesperada de la vida esperando que pasaran las horas.

Los gemelos se alegraron mucho de recibirme en su casa y me aseguraron que su abuela se pondría contenta; y así fue. La buena mujer nos preparó una merienda suculenta y estuvimos jugando con la Play a un juego de aviones de caza cuya misión era abatir pilotos alienígenas enloquecidos sobre el cielo de Nueva York. De vez en cuando intentaba pensar una excusa bastante convincente para embaucar a mi madre. Podía esperarla en la calle, delante mismo de la puerta, y decirle que la fiesta había acabado antes de hora, pero seguro que querría subir a saludar a la madre de Asun, y eso no podía ser de ninguna manera.

Se me ocurrió del golpe. El plan perfecto.

A las ocho y cuarto me despedí de los gemelos y fui deprisa a casa de Asun. Llamé a mi madre al móvil.

—Mamá, soy yo. No hace falta que vengas. Me encuentro mal y voy hacia casa.

—¿Qué pasa, Martina? ¿Qué quiere decir que no te encuentras bien?

—Me he mareado. He vomitado. Voy hacia casa.

—No te muevas de ahí, ¿me oyes? ¿Te has vuelto loca? No quiero que vayas sola si te encuentras mal.

—Le diré a la madre de Asun que me acompañe, no te preocupes.

—Tú no te mueves de ahí, ¿está claro? Estoy saliendo del trabajo. En cinco minutos, llego.

Tuve que esconderme porque empezaban a llegar padres a buscar a sus hijas y salían otras invitadas que ya se marchaban.

Cinco minutos más tarde, cuando me pareció distinguir el coche de mi madre, me sitúe delante del portal y me tiré al suelo. Cerré los ojos deseando que no pasara nadie por la acera antes de que lo hiciera mi madre.

Oí unos pasos y alguien que se detenía a mi lado, ahogaba un grito y, después, huía. Seguro que no era mi madre, porque a continuación oí sus gritos mientras se acercaba corriendo.

—¡Martina! ¡Hija! ¿Me oyes? ¡Ay, Dios mío!

La famosa pérdida de aliento me salvó la vida una vez más. Despacio, abrí los ojos y simulé que hacía un esfuerzo por mirarla.

—¿Dónde estoy? ¿Qué ha pasado?

—Debes de haber perdido el aliento, ¡como cuando eras pequeña!

—Llévame a casa, mamá. Me encuentro muy débil.

Mi madre me ayudó a incorporarme y me llevó a casa enseguida. Se olvidó de la fiesta de Asun gracias a mis facultades interpretativas. Al día siguiente le supliqué que no llamara a Mercedes, la madre de Asun. No quería que supieran lo que había pasado, y ella me dijo que no me preocupara.

Íker no vino a clase. A mediodía llamó a Tom para anunciarle que su enfermedad se había agravado: la noche anterior, saliendo del gimnasio, había tenido una visión espeluznante.

—Vi a Martina muerta, tío. En medio de la calle.

—Tú no estás bien, Íker. Tu psicólogo no te ayuda nada... —le dijo Tom.

—La culpa la tiene el maldito espíritu de la abuela de la Pajarica.

Hacía una mañana soleada y fría, y en el aula debían de estar haciendo mates mientras yo me ponía el vestido de Virgen María en la clase de tercero de primaria. Un grupo de curiosas admiraba el proceso de pasar de ser una niña de ESO a una Virgen de belén con la ayuda de los profesores.

—¡Qué mona está! ¡Parece la Virgen de verdad! ¡Yo de mayor quiero ser como ella! —comentaban las pequeñas.

—Martina es, sin ningún género de dudas, la mejor Virgen María que hemos tenido —insistía la Mocho, que, en un rincón, se dedicaba a ponerles un chaleco de lana a los niños y las niñas que hacían de corderos.

Está bien ser tan admirada. Está bien no hacer mates cuando toca. Pero, aun así, yo estaba de mal humor porque no quería hacer de Virgen, y todavía menos quería que alguien de ESO supiera que hacía de Virgen.

—Ya te lo he dicho, Martina —me repetía la Mocho—. Ningún alumno de ESO subirá a ver el belén viviente; ni siquiera saben que lo hacemos hoy. ¡Basta ya de ser tan vergonzosa y delicada!

Sólo de imaginar que los compañeros de clase supieran que yo colaboraba en aquel espectáculo, me ponía a temblar. Me imaginaba los comentarios de mis compañeros de pandilla, y todavía más los comentarios de Enrique Anadón y compañía. Le hice jurar a mi madre que no vendría a hacerme fotos.

Los niños y las niñas de primaria que intervenían en el belén estaban tan inquietos como yo, o más, pero por otros motivos, claro. Las profesoras los ayudaban a vestirse y a pintarse la cara, sobre todo a los que hacían de animalitos y al rey Baltasar. Yo, evidentemente, era la única mayor entre los actores, y, por eso, todos y todas me contemplaban maravillados. Me preguntaban si yo era artista de verdad o si era la Virgen María de veras. Una niña se me acercó para preguntarme quién era san José, y la verdad es que no tenía ni idea.

—Debe de ser un niño de sexto —aventuré.

—¿Quién? —me preguntó la niña.

—No lo sé. El más alto de la clase, supongo.

La niña me dijo que el más alto era su hermano, que se llamaba Rafa y era tan alto como su madre.

—¿Y dónde está Rafa? —le pregunté.

—En clase.

—¿Y no se viste?

—No lo sé. En casa se ha puesto unos pantalones de chándal y un jersey, como siempre.

—¡Ya me lo imagino, mujer! ¡Seguro que no se ha disfrazado de san José para venir al cole! ¡Todo el mundo lo hubiera mirado por la calle! —le dije.

En el patio, el señor de mantenimiento acababa de decorar la cueva y había esparcido paja por el suelo. El niño de P3 que tenía que hacer de Niño Jesús no paraba de berrear porque no quería ponerse la ropita que le había llevado la Mocho.

—¡El Niño Jesús de este año nos traerá por el camino de la amargura! —protestaba la mujer.

Me hicieron quitar el reloj porque una de las maestras reclamó «rigor histórico». Una niña le preguntó qué quería decir eso.

—¡Pues que en la época de la Virgen y del Niño Jesús no había relojes!

—¿Y cómo sabían qué hora era? —preguntó un compañero suyo.

—Miraban el sol —dijo la maestra.

Mientras me quitaba el reloj vi la hora. Las once y diez. Eso quería decir que mis compañeros estaban en el patio, en el rato de descanso.

—No empezaremos hasta y media, ¿verdad señorita? —le pregunté a la Mocho.

—No te preocupes. Hasta y media no nos moveremos de aquí. Todavía tenemos que peinarte y vestir a los pastores.

Pero, de golpe, una visión me dejó impresionada: detrás del cristal de la clase de tercero guipé la cara boquiabierta de la Pajarica. Seguro que se había extrañado de no verme bajo la canasta y, quizá, incluso se había atrevido a preguntarle a alguien dónde estaba yo. Y vete a saber si le anunciaron que había salido de clase de manera misteriosa antes de empezar mates. Y la Pajarica, tal como es ella, seguro que se había propuesto encontrarme.

¡Y me había descubierto! Allí estaba, detrás del cristal, con una expresión como la de Íker cuando ve muertos. Tenía la boca abierta y los ojos como dos farolas encendidas. Me imagino que no se esperaba encontrarme allí, vestida como una Virgen o como un ángel. Yo también abrí la boca y estaba a punto de salir disparada a decirle algo cuando su cara desapareció detrás del cristal: había salido escopeteada escaleras abajo. ¡Mi madre! ¡Me había descubierto! ¿Y qué haría ahora la Pajarica? ¡Pues ir a contarle a todo el mundo que yo estaba allí disfrazada! ¡Dios mío!

—¡Tenemos un problema, señorita! —le dije angustiada a la Mocho.

—¿Qué problema, Martina?

—¡Que me han visto! ¡Una niña de ESO me ha visto ¡Estaba allí, plantada detrás de la puerta, señorita, y me ha visto!

—¿Y qué problema hay, muchacha?

—¡Pues que ahora se lo contará a todo el mundo!

—¡No digas tonterías!

¡Yo no podía salir corriendo escaleras abajo vestida como una Virgen!

Mientras me peinaban, intentaba buscar una solución a mi problema. ¿Qué podía hacer? ¿A quién le podía encargar ir a buscar a la Pajarica y decirle que volviera y que hablara conmigo? Ninguno de aquellos niños sabía quién era la Pajarica, y seguro que ninguno tenía permiso para salir de clase e ir a hacer un recado que podía salvarme la vida. ¿Qué haría Vane? ¿Lo contaría enseguida? ¿Se lo diría antes a Álex y compañía o a las monjitas de segundo? ¿Sabría Pablo que yo me había disfrazado? El corazón me iba a cien por hora.

Cuando volví a mirar el reloj ya eran las doce menos veinticinco y, por lo tanto, se había acabado el recreo y los de mi clase debían de estar en el aula a punto de empezar la clase de inglés. No había pasado nada. La Pajarica no había vuelto, pero tampoco lo había hecho ningún alumno de ESO. Pensé que estaba salvada.

A las doce menos cuarto salimos al patio trasero para colocarnos en posición. Primero pusieron los niños que hacían de buey y de mula; después el ángel se subió a una silla que habían disimulado con papel de embalar como si fuera una roca. Entonces me tocaba a mí sentarme en el suelo, sobre la paja, y tenía que sujetar en los brazos al niño llorón.

—¿No hay manera de hacer callar a esta criatura? —preguntaba la Mocho desesperada.

A continuación colocaron a los pastorcillos y a las pastorcillas, los corderos y a los tres Reyes, dos de rodillas y uno de pie, que me ofrecían sus obsequios (una caja de tizas, un estuche de Pucca y un bocadillo de queso envuelto en papel de plata). Los corderos eran los más pequeños y tenían que estar a cuatro patas. El problema es que tenían que estarse quietos y no ponerse a gatear, como hacían todos a la vez. La pastorcilla que tenía más cerca era la hermana del llamado Rafa.

—¿Y san José? ¿No hay? —me preguntó.

—¿No tenía que ser tu hermano?

—No lo sé. No lo he visto.

Las maestras y el señor de mantenimiento estaban ocupados cazando corderos, que se escapaban del corral.

—¿No tenemos san José? —le pregunté a la Mocho.

—¡Claro que tenemos! Ahora viene; están acabando de pegarle la barba.

—¿Es Rafa? —preguntó la pastora.

—No. ¡Es un san José alto y bien plantado de ESO!

Antes de tener tiempo de reaccionar, vi como se acercaba Pablo vestido con una túnica de saco y una barba postiza que le llegaba al ombligo.

—¡Parece un san José de verdad! —exclamó la Mocho orgullosa.

Si me pinchan no me sale sangre. ¿Qué hacía Pablo allí? ¿Quién le había pedido que hiciera de san José? ¿Cómo había tenido el humor y el atrevimiento de aceptar?

—Hola, Martina —me saludó mientras la Mocho le daba un bastón y le decía dónde tenía que colocarse.

Yo me puse tan colorada que tuve que bajar la vista. Con la rabia que sentía, apreté tan fuerte al Niño Jesús contra mi pecho que dejó de chillar de golpe y me miró asustado.

—Ahora sí que parecemos una familia —dijo Pablo.

—¿Se puede saber qué haces aquí?

—¡Era una sorpresa!

Me dieron ganas de estrangularlo y de salir corriendo. Pero los niños de preescolar y de primaria ya empezaban a salir al patio acompañados por las maestras respectivas y por los padres, cargados con cámaras digitales.

—¿No te hace ilusión? Formamos una buena pareja, ¿no te parece? ¿Te imaginas que este niño fuera nuestro hijo?

—Si vuelves a abrir la boca, te comes el bastón.

—¡Todos en silencio! ¡Que nadie se mueva a partir de ahora! —ordenó la Mocho.

Contuve la rabia. El Niño Jesús me miraba alarmado, convencido de que yo era una madre autoritaria y que me había enfadado con sus lloros. Ya estaban acercándose los primeros visitantes cuando la Mocho me sugirió que pusiera una cara más dulce, que en vez de la Virgen parecía la madrastra de Blancanieves.

Los niños pequeños miraban impresionados la pinta que teníamos, y los padres felicitaban a las profesoras y a las maestras por la escenografía y el vestuario de los actores. Algunos preguntaban si los de la sagrada familia del belén también eran de primaria, y la Mocho explicaba que no, que Pablo y yo hacíamos ESO, y que éramos unos alumnos fantásticos que colaborábamos siempre que podíamos en las actividades del centro.

—¡Hacen tan buena pareja! —dijo una madre.

Yo tenía ganas de llorar.

—¿Lo ves como hacemos buena pareja? ¡Todo el mundo lo dice! —me susurró Pablo.

—O te callas o me voy.

No había pasado ni un cuarto de hora cuando, a mi izquierda, sentí un rumor de cuerpos y de voces. Enseguida se acercó una maestra para hablar con la Mocho.

—Pilar, que resulta que los niños de primero y de segundo de ESO han sabido que hay alumnos de su clase que participan en el belén y han pedido permiso a sus tutores para venir a verlos.

La Mocho me miró, asustada, y, rápidamente desvió la mirada hacia el grupo de chicos y chicas que se acercaban como un rebaño.

—No eran estos los planes... pero ¡qué le vamos a hacer! Si los tutores les han dado permiso y ya han salido del aula... De todas maneras, advertirles que no queremos incidentes y que se comporten, que esto está lleno de padres y criaturas.

—Éste no era el trato, señorita... —dije mordiéndome la lengua.

—Lo siento mucho, Martina... —intentaba excusarse la mujer.

Cerré bien fuerte los ojos. No podía ser que eso me estuviera pasando a mí. De lejos ya me llegaron las risas de Enrique, Óscar y compañía. Aquello era una pesadilla. Tarde o temprano tendría que abrir los ojos y enfrentarme a las miradas socarronas de la clase. Quería desaparecer. Quería que aquel día no hubiera empezado nunca.

—Pasad en fila, como todo el mundo —los aleccionaba la Mocho, y no quiero ningún comentario desafortunado, ¿me oís? Vuestros compañeros están haciendo un trabajo muy bonito. Quien vaya a reírse, ya puede volver a clase.

Sólo pensaba en coger a la Pajarica y tirarle de los pelos hasta dejarla calva. Mi deseo era subir a un avión supersónico y alejarme de la Tierra, del universo, de la galaxia. Entrar en un agujero negro del espacio y volatilizarme.

En aquel momento, cuando oía las voces de Tom, de Jerry, de Tito Casona, de Íker, de Enrique, de Álex y de las monjitas de segundo, noté una mano sobre el hombro derecho. Era la mano de Pablo, al que no le bastaba con hacer el ridículo de aquella manera, sino que se había propuesto llegar a la cima de lo patético. La mano de Pablo me dió un masaje en el hombro, e incluso intentó acariciarme el pelo y hacerme un arrumaco en la mejilla.

—Ha-ha-hacen... bu-bu-buena pa-pa-pareja —oí como decía Mireia.

—¿Por eso no viniste a la fiesta, Martina? —oí que

preguntaba Lourdes—. ¿Por qué saliste con Pablo? ¿Estáis enamorados? ¡Huy! cuando se lo contemos a tu madre...

—¡Silencio! —la hizo callar la Mocho.

—¡¡Yo no salgo con él!! —grité.

A los padres de los más pequeños debió de sorprenderlos aquella exclamación de la Virgen María. La Mocho se acercó más a la cueva.

—¡He dicho que todos callados, Martina!

—¡Yo no salgo con este tío!

—Un día nos casaremos. Ya te dije que eso pasaría —decía Pablo.

—¡No pienso casarme nunca con este impresentable! ¡Esto es una trampa!

—¡Sois la Virgen María y san José! ¡A ver si hacemos el favor de comportarnos! —nos decía la Mocho.

El Niño Jesús empezó a llorar como un desesperado, seguramente porque gritábamos demasiado y tenía miedo. La Mocho, pendiente de nosotros, había abandonado a los corderillos, que se escapaban a gatas sin que los pastorcillos y las pastorcillas fueran capaces de pararlos.

—¡Se escapan, señorita! ¡Los corderos se escapan!

—¡Todo el mundo a su sitio! ¡Aún no hemos acabado! —gritaba la profesora.

Me dieron ganas de llorar y de salir corriendo de aquella cueva. Los de primero y segundo de ESO se reían de nosotros sin disimular. Lourdes y Asun insistían en que se lo contarían todo a mis padres. Enrique Anadón opinaba que teníamos que haber construido la cueva bajo la canasta del patio, y preguntaba dónde estaba la Pajarica y si no formaba parte del belén. Y justo en aquel momento llegó Vane, vestida de ángel, con una coronita y unas alas, acompañada de la tutora de tercero, que se acercó a la Mocho, que cazaba corderos como una loca.

—Mira Pilar, esta niña se ha escapado del cole y ha ido a su casa a vestirse de ángel, y dice que no piensa entrar en la clase si no la dejamos participar en el belén, al lado de Martina de primero, que parece ser que son muy amigas y lo que hace una tiene que hacerlo la otra también.

—¡Pero ya tenemos un ángel! —exclamaba la Mocho!

—¡Quiero hacer la función como Martina! —gritaba Vane entre hipidos.

—¡Pues que se ponga al lado de la cueva! ¡Madre de Dios! ¡Qué belén más accidentado!

¡Sólo me faltaba la Pajarica al lado! Enrique Anadón y sus amigos se reían tanto y hacían tantos comentarios, que los padres de los pequeños los obligaron a callar.

Yo tenía que salir de allí y sólo vi una solución. De repente, cerré los ojos y me caí al suelo.

—¡Se ha muerto! ¡Se ha muerto! —gritaba Íker.

Todo el mundo se acercó a mirar qué me había pasado. Yo apretaba tanto los ojos que los párpados me hacían daño.

—¡Esta niña se ha mareado! —decía una madre.

—Que san José le haga el boca a boca —gritaba Enrique Anadón.

—¡Hace un par de días también se murió! ¡La vi muerta en medio de la calle! ¡Yo siempre veo muertos! —exclamaba Íker, y los padres y las madres lo hacían callar y le ordenaban no decir chorradas, que asustaba a los niños más pequeños.

Me sacaron de la cueva a peso y me dejaron tumbada unos metros más allá de la representación. La Mocho dio por acabado el belén viviente e invitó a padres y maestros a tomar un refresco y a comer bocadillos en la sala de actos, mientras pedía disculpas por los incidentes. Los de primero y segundo de ESO tuvimos libre hasta la hora de historia.

Nos reunimos bajo la canasta. Yo todavía iba vestida de Virgen, Pablo, de san José, y la Pajarica, de ángel. Les dije que estaba harta y que aquel club que habíamos formado no tenía sentido. Todo nos salía mal y siempre hacíamos el ridículo. Debí de ponerme muy nerviosa, porque todos me escuchaban sin decir nada.

—¡Yo quería una pandilla como la de mi hermana! ¡Un club para hacer acciones importantes y no el ridículo! ¡Sois una panda de bobos y no tengo ganas de seguir en este club de patéticos!

Nadie me interrumpía. Ni siquiera me miraban. Álex, Tom, Jerry, Pablo, Íker, Harry y la Pajarica. Todos callados y mirando al suelo.

—¡Yo tuve la idea de crear un club, y ahora tengo la idea de destruirlo! ¡No quiero saber nada más de vosotros! ¡Se ha acabado el club!

Silencio. Ni un movimiento. Ni un reproche. Sólo silencio.

—¿No tenéis nada que decir? —pregunté finalmente.

Harry levantó la cabeza poco a poco y esperó a que también lo hicieran los otros.

—¿Alguien ha hecho los deberes de historia? —preguntó.

Menos mal que se acercaban las vacaciones de Navidad. Menos mal que los doce años no iban a durar toda la vida. Menos mal que de aquí a unos años me haré mayor y olvidaré estos episodios... Menos mal que aprobaré la ESO e iré a la universidad y trabajaré en el mundo de la aeronáutica. Menos mal que confío en los aviones y en su propulsión. Menos mal que sé que, si me lo propongo, podré llegar a vivir muy lejos de la faz de la Tierra.

Lejos de unos indeseables que me miraban, desconcertados, bajo la red estropeada de la canasta de baloncesto.

Àngel Burgas

Àngel Burgas nació en Figueres (Alt Empordà) en 1965. Estudió la carrera de Bellas Artes en Barcelona y la amplió en Berlín (Alemania). Ha publicado relatos para adultos (*Show,* Proa, 1999; *Adéu,* premio Mercè Rodoreda 2001, Proa, 2002 y *La fi d'Europa,* La Magrana, 2006) y para jóvenes (*Pequeñas historias del globo,* Casals 2001, *El Anticlub,* La Galera, 2002, *Petites històries subterrànies,* Casals, 2003 y *M.A.X.*, La Galera, 2004). Vive en Barcelona y da clases de educación visual y plástica de ESO y Bachillerato.

Obras de Àngel Burgas publicadas en La Galera

El Anticlub
M.A.X.